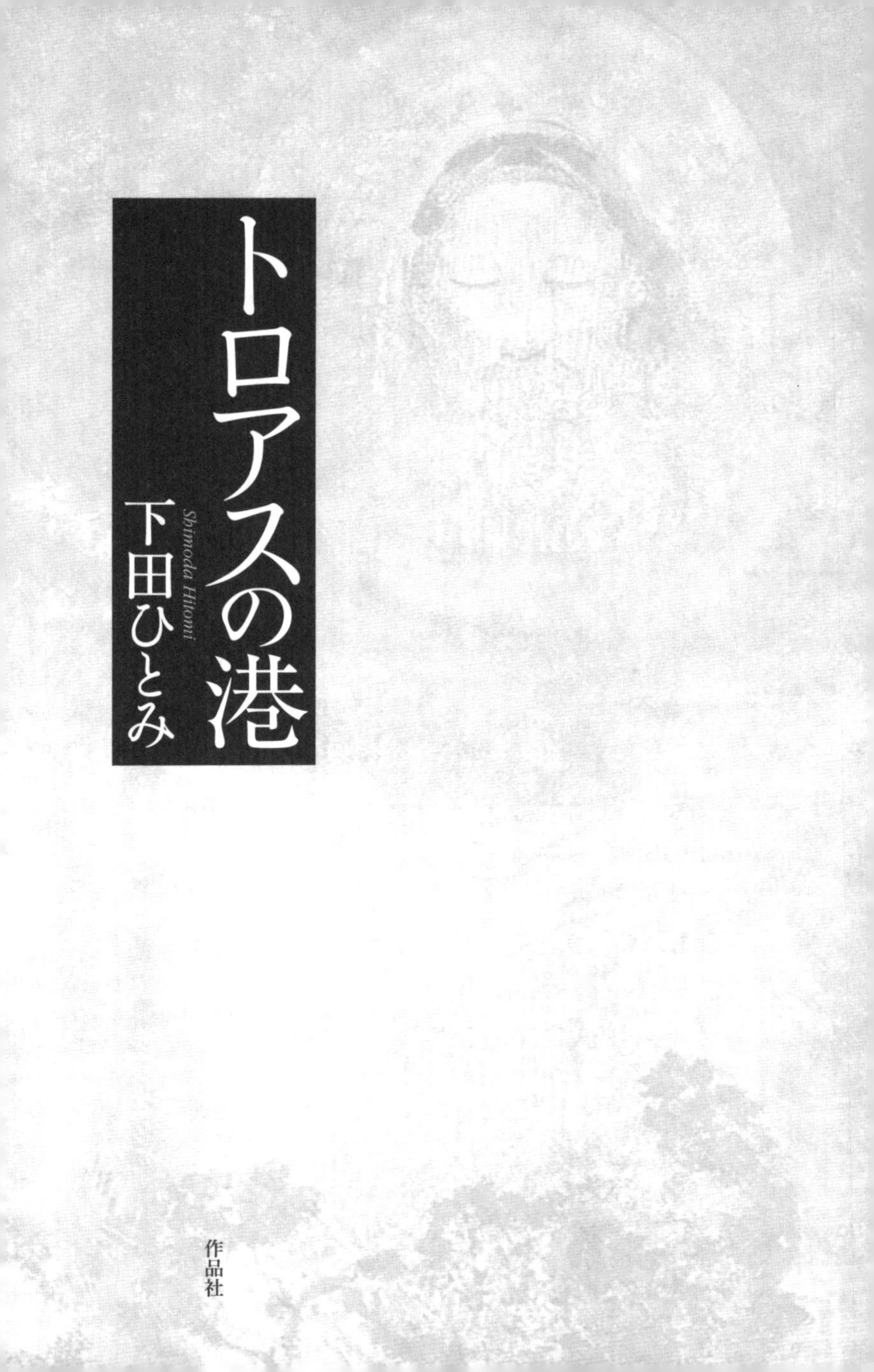

トロアスの港

下田ひとみ

Shimoda Hitomi

作品社

トロアスの港

プロローグ

オレゴンの大空に夕陽が沈む。街は感謝祭の祝いに華やいでいた。

凝った邸宅が立ち並ぶその地区でも、ハーディ家は広い敷地とジョージアン様式の家の大きさがひときわ目をひいていた。豪華なシャンデリアの灯った広間に談笑が響いている。人々の間をいたずら盛りの子供たちがはしゃぎ回っていた。テーブルでは主人のロバートがディナーの七面鳥を笑顔で切り分けている。

ディナーの後、ロバートは孫娘の婚約者の青年を書斎に招いた。季節は猟のシーズンを迎えていた。今度の猟にはその青年も連れていくつもりで、ライフルの扱い方を教えようとしたのである。

書斎の壁はマホガニーの書棚で埋まっていた。アンティークのランプが室内をオレンジ色に照らしている。煉瓦づくりの暖炉では焔が燃えさかっていた。

壁に設えた銃ケースには五挺のライフルがあった。ロバートは机の引き出しから鍵を取り出して扉を開け、そのうちの一挺を手にした。

銃の扱い方を教わった青年は、それをさまざまな方向に構えた。ドアに銃口を向けたちょうどその時に、ロバートの孫娘が入ってきた。ノックをせず、祖父の好物のブランデー入りのコーヒーとジンジャークッキーが乗ったトレイを持って。

悲劇はそのとき起こったのだった。

引き金を引いた覚えはなかった。しかし不意に開いたドアに身体が反応してしまった。このときの事故の原因は銃の点検ミスだった。ロバートはいつも銃の管理に慎重であった。しかし、その時に限ってなぜか――去年の弾を抜き忘れたか、点検したと勘違いしたためなのか――銃には弾がこめられていた。

弾が発射された瞬間、青年の身体は衝撃のために後ろに大きくのけぞった。弾は孫娘の頭部を右から左に撃ち抜いた。

頭部から血が噴き出た。彼女はそのまま左側にゆっくりとくずおれていった。

回転するトレイ。コーヒーが飛び散る。木の葉の形をした小皿が割れ、クッキーが砕け落ちた。青地に銀色の薔薇を描いたカップが音をたてて転がっていく。カップはロッキングチェアーに突き当たり、止まった。

絨毯に浸み出した血が、ロバートの大きく見開かれた緑色の眼に映っていた。孫娘の名を呼びながら彼は駆け寄っていった。

広間にいた人々が、銃声に驚いて駆けつけてきた。

青年には何が起こったのかわからなかった。

ライフルを手に、彼は茫然と佇んでいた。

一

関東の南に位置するこの街は、古い城下町であった。駅から正面の青鷺城までのおよそ一キロ半のアカシア通りには、アーケードのついた商店街が続いた後を、市役所、税務署、警察署、図書館と公共施設が立ち並ぶ。

アカシア通りを中央から少し城寄りに県道が横切っていたが、この県道沿いにもいくつかの店があった。雑貨屋、美容院、クリーニング店、喫茶店、等々。その並びに広い敷地を持つ一角があった。

県道側に面して表門のある教会があり、その後ろには幼稚園。広々とした園庭の向こうには、並木通りに面した裏門の両隣に牧師館と宣教師館とが建っている。

春の陽がうららかに射した四月の午後であった。教会の前庭のサンザシが、小花の咲いた枝を白く空にのばしている。

教会や幼稚園には毎日のように人の出入りがあった。入園式や卒園式、運動会、お楽しみ会、伝道集会やクリスマス会、バザーなど、年中行事も多々あり、その折には晴れやかな人々の群れで賑わった。

しかし今日は特別な行事のない日で、教会に向かって庭園を横切っている藤堂牧師の姿が見うけられるだけだった。藤堂靖章《やすあき》は歳の頃六十をいくらか過ぎているだろう。長身痩軀。髪は白いものが交じり、学者然とした風貌に、今日はいつもの穏やかさとは違う硬い表情がうかがわれた。

ある理由で、靖章の心は騒いでいるのであった。

まもなく新任の伝道師が到着することになっていた。先ほど駅に着いたと電話があり、女性宣教師のオルセン先生が迎えにいっていた。

アメリカの神学校を卒業し、伝道師としてこの教会に招聘された青年は、今朝の飛行機で日本に着き、まっすぐにこの街にやってきた。彼の名前は北見城《じょうじ》 治。アメリカのオレゴン州、ポートランドにある孤児院の出身。アメリカ国籍の日本人。二十七歳。

何か手落ちはないだろうか？

今日から伝道師が住むことになる幼稚園の二階を、靖章は心配そうに見上げた。十五年前に幼稚園を改築した時、当時の幼稚園教諭のために造られた宿舎で、この四年間は空き室となっていたものである。傷んだ箇所を修繕し、掃除を隅々まで行き届かせ、必要な生活用品を整えて、この日を待っていた。居室の若草色のカーペットは、靖章が自ら選んだものであった。

気に入ってくれるだろうか？

昼休みが終わり、教諭と園児たちは各々の教室に入っていた。事務室には主任の吉野先生の姿が見える。

幼稚園の横の小道を抜け——それは教会の脇へと続いていた——教会の前庭のサンザシの木の下に靖章は立った。そこで待っていると、まもなく通りにオルセン先生のワゴン車が見えた。表門を入り、その横の駐車場に停車すると、中からオルセン先生と一人の青年が出てきた。

背の高さでは世界でもトップクラスといわれるノルウェー人にしては、オルセン先生は小柄で華奢な婦人だった。歳は五十代半ば。靖章の前ににこやかに立った彼女は、隣の長身の青年の肩までしかなかった。オルセン先生が伝道師を紹介した。

「北見先生です」

「はじめまして」青年が言った。「北見城治です。よろしくお願いいたします」

アメリカ式に握手を求められるかもしれないと靖章は思っていた。心のどこかでそれを期待していたのだったが、相手は会釈をしただけだった。日本的な、礼儀正しい会釈であった。

「長旅でお疲れでしょう」

たくさんの言葉を用意していたはずだったのに、靖章が口にしたのはそれだけだった。

あとはオルセン先生が伝道師を幼稚園の二階に案内し、母親のように世話をやいた。

こんな場合は牧師夫人の出番であったから、独り身の靖章にとって、オルセン先生は有り難い存在であった。日本に住んで三十年近く経つ彼女は日本語が堪能だったし、何よりこの宣教師は心の優しい人物だったからである。

オルセン先生にだけは打ち明けようか？

伝道師が来ると決ってから靖章は、ときどきそのような誘惑にかられた。息子の文彦はもちろん、十六年前に亡くなった妻も知らない秘密が、靖章にはあったのである。

二

ピアノの音で城治は目を覚ました。

いや、正確にはそうといえないのかもしれない。目覚める直前まで城治は、夢を見ていたからだ。

その夢を城治は、数年前から幾度となく見ていた。
広くて暗い地下道。
そこは迷路のような処だった。

城治は、追われている。
近づいてくる足音。
迫る人影。
走り続ける城治。
しかし
走っても
走っても
出口はない。
別れ路を右に
左に。
さまよいながら
いくつもの角を曲がる。

城治は疲れきっていたが
立ち止まることができなかった。
誰に追われているのか？
なぜ追われているのか？
その答えはわからなかったが
つかまったら最期だと
知っていたからである。

城治は走り続けていた。
息を切らせ
汗をしたたらせながら。
背後の魔物から逃れようと
死に物狂いだった。
と、突然、遠くに光が見えた。
出口だ！

追っ手が迫っている。
光に向かって、城治は全力疾走した。
それは高い位置にある小さな窓だった。
必死に飛び上がって
観音開きの扉を開けて
這い上がる。
人ひとりが辛うじて抜け出せる幅だった。
上半身をじりじりと進ませ
腰をせり出していく。
脱出しようとした
まさにその時
足首をつかまれる。

夢はそこで終わる。
目覚めが訪れ、城治はいまどこにいるかに気づいて安堵する。ここはアメリカではなく、日本だった。陽の射さない半地下のアパートの一室ではなく、明るく清潔な幼稚園の二階の伝道師の部屋だ。

その現実は彼を、まるで波にたゆたっているようにくつろがせてくれる。しかし、そのくつろぎが身体中に伝わって、張り詰めている全身を溶かしてくれるのには、なおしばらくの時間を必要とする。

そう、これもいつものことであるはずだった。

だが、今日は少し違っていた。

夢から醒めたとたん、ピアノの音が聞こえてきたからだ。しかもそれは城治のよく知っている、耳慣れた曲だった。

第一楽章の終わりだ――閉じた目のまま思った。

ピアノの音が彼を起こしたのか、それともこの曲がいつものあの夢を見させたのか。まだ夢のつづきを見ているような朦朧とした気分で、城治はベッドの中でまどろんだ。

終わりの、おごそかに沈み込んでいくような深い和音が繰り返された後、しばらくの間をおいて曲は初めに戻っていった。

ゆっくりと、本当にゆっくりとしたアダァジオ。

――ここのところは、こうしてゆっくりと弾くのが好きなの。

ピアノの音と一緒に、百合子の声が思い出されてきた。同時にその姿がよみがえってきた。家庭用の小さなグランドピアノに向かって、白い指でキィを叩いている姿が――。

突然、はっきりと覚醒した。

枕元の時計を見る。午前二時十七分。急にことが普通ではないのを認識した。

こんな真夜中に誰もいないはずの幼稚園からピアノの音がきこえてくる。異常事態とはいえないまでも、これは無視できない出来事だった。幼稚園の二階で暮らし始めて七ヵ月が過ぎたが、こんなことは初めてである。単なる好奇心ばかりでなく、職務上の責務からも、ことの次第を確かめる必要があった。

城治は起き上がって、ガウンを羽織った。玄関を出て、園庭に通じる外階段を降りていった。

幼稚園の玄関は教会脇の小道沿いに在った。

中に入ると向かいに小道側と園庭側に窓を持つ角部屋の事務室がある。

その並びに、園庭を窓にした「ばら組」「チューリップ組」「さくら組」の教室と厨房。

廊下の突き当たりを右に折れると、中庭に面した窓を持つ「たんぽぽ組」「すみれ組」「ゆり組」の教室があり、その奥が集会室となっていた。

明るい月夜だった、十一月にしては暖かな夜気が早春の風のようにたちこめている。幼稚園の鍵を手に、城治はすみれ組の教室に向かって歩きだした。ここの幼稚園ではオルガンを主に使っており、ピアノのある教室はすみれ組だけだったからである。牧師館と宣教師館の灯りは消えていた。風はない。ピアノの音は、おそらくあちらには届いていないだろう。

久しぶりに耳にする『月光』だった。すみれ組の教室に近づくにつれ、ピアノの音は次第に大きくなっていく。

第一楽章が終わった。また曲は始まりに返っていく。ゆっくりとひとつひとつの音をたしかめるように、荘厳に――。

中庭に着いた。月明かりの教室が見通せ、中に奏者の姿が見えた。眼を伏せ、身体は心持ち斜めに、長い髪と白い顔が月の光に浮かび上っている。

「百合子……」

自分の眼が信じられなかった。記憶の中と同じ姿。ピアノに向かって、白い指でキィをたたいている。何かの手違いで時間が逆行し、過去の世界に足を踏み入れたような気がした。

そうに違いない。

と、突然弾かれたように相手が立ち上がった。涙に濡れた目が大きく、怯えたように城治を凝視している。

次の瞬間、彼女は駈け出していた。

茫然とたたずんでいる城治の耳に、彼女が踏んだ小枝の音が響いた。

三

翌朝の空はどこまでも青く、雲ひとつなかった。園庭には野鳥の声が響き、それに呼応するかのように幼稚園の玄関のカナリアがしきりにさえずっている。園庭を横切って幼稚園にやってきたオルセン先生と、城治は挨拶を交わした。

「お早うございます。オルセン先生」

「お早うございます。北見先生。いいお天気ですね」

「ほんとうに。あさってのバザーもこの調子で、晴れてくれたらいいですね」

「そのために私は今朝も祈りました。大丈夫、きっと神様は祈りに応えて、よいお天気を下さるでしょう」

にっこりと笑っている。曇りのないその笑顔に城治はためらいを感じたが、園長である彼女に報告しないわけにはいかず、足もとに視線を落とした後、顔を上げて言った。

「真夜中のことなのですが……」

城治が昨夜のピアノの一件を話し始めると、オルセン先生の顔から笑みが消えた。

「問題なのは、どうして侵入者が幼稚園に入れたかということなのです。幼稚園のどこからも中には入れませんし、玄関の鍵を開けて入ったとしか思えないのです」

真鍮で作ったその鍵は、ゆるやかな曲線を持つ、独特な形をしていた。柄の部分にギリシャ語の言葉がエレガントな飾り文字で刻まれている。それはオルセン先生と城治と主任の吉野先生が持っており、六人の幼稚園教師たちはスペアを作ることが禁じられていた。

「吉野先生に話してみます。鍵のことで何かわかるかもしれません」

オルセン先生はあきらかにショックを受けた様子だった。教会共催のバザーを控えた幼稚園には、販売用の物品が数多く保管されていた。主に手芸品や衣類、雑貨の類だが、中には家電製品や楽器などの高価な献品の品々も含まれている。事務室には鍵はかかっているものの、両手なら持ち運びできる金庫もあった。

「その人は、ピアノを弾いていただけだったのですか？」

「ええ、わたしが見た時は。何かを盗むために入ったのなら、わざわざそんな音はたてないと思うのですが……」

「どんな人ですか？」

「若い女性です」

「園児のお母さんではないでしょうか？」

「いいえ。もっと若いし……わたしの知らない顔でした」

侵入者が泣いていたことには、城治は触れなかった。

「わかりました。北見先生、今日の御予定は？」

「市内教会連合の祈祷会に出席のため、午前中は高杉シオン教会に行きます。午後は家庭集会で苑部《そのべ》です」

「私はバザーのケーキのスポンジを焼くので、今日は一日中家にいます。藤堂先生には私からお話ししておきましょう。帰ったら電話をください。なにかわかっているかもしれませんから」

そろそろ吉野先生が出勤する時刻だった。あとはベテラン主任の彼女がうまくやってくれるだろう。

オルセン先生に一礼し、城治はその場を離れた。

四

夕刻になった。教会は暗かったが、幼稚園の事務室に明かりが点いていた。園庭に人影はなく、一日の仕事を終えた滑り台やブランコが薄暮に染まっている。宣教師館と牧師館には明かりが点いていた。

城治の乗った白いセダンが表門から入ってきた。教会堂横の駐車スペースに停めると、車から降り、教会の脇の小道に向かった。幼稚園の横にさしかかったとき、事務室の窓が開いて村上千里《ちさと》が顔を出した。千里はこの春に短大を卒業したばかりの、幼稚園の中では一番若い教諭であった。

「北見先生、お話ししたいことがあるんですが、いまお時間おありですか」

「大丈夫です」

城治は快く頷くと、幼稚園の玄関に引き返し、中に入っていった。

城治が事務室のドアを開けると、部屋の明るさと暖かさが五月の陽のように彼を包みこんだ。

「お忙しいのに、すみません」

窓のカーテンを引きながら、済まなそうに千里がいった。

「いいえ」

城治は微笑でそれに応えた。

「コーヒー召し上がられます？」

「ありがたいです」

事務室は、入って左に、向かい合わせに四つずつ八つの机が並び、右奥にロッカーと本棚、手前にキッチン、部屋の中央にストーブ、園庭に面した窓のそばに応接セットが設《しつら》えてある。

キッチンで千里がコーヒーの仕度を始めた。城治はストーブの前に立ち、冷えた手を火にかざした。

「苑部へ行っておられたんですか。あそこは山だから、寒いですよね」

「集会の間に初雪が降りました。今年はいつもより早いそうです」

「まあ、もう……」

もれた笑みがあどけなかった。白い丸顔から受ける印象は、人なつこく温和だ。湯気の立つカップが二つテーブルに置かれ、二人はソファで向かい合った。

「お話があるということでしたが」

城治の促しに、千里は急に生真面目な顔になった。

「吉野先生から、昨夜幼稚園に不審な侵入者があったとお聞きしました。鍵が開けられて侵入されたらしいということで、私たち、吉野先生からいろいろ尋ねられました。でも誰も何も知らないし、スペアの鍵も作っていないって。それで皆で、なくなっている物がないか探したんですが、何もありませんでした。それはよかったんですけど、あとでまた鍵の話に戻りました。被害はなくても誰かが幼稚園に鍵を使って入ったことは確かなので、吉野先生が、『これは問題だ』って言われて、でも、結局うやむやになってしまったんですけど……」

うつむいた千里は、膝の上の両手を組んだり開いたりしている。

「本当は私、思い当ることがあったんです。でも言えなくて……」

「鍵のことですか？」

黙ったまま頷いている。顔をうつむけたままだ。

「三日前です。ある人に、幼稚園の鍵を貸したことがあって……」

「その人が昨夜の女の子？」

千里は顔を上げ、大きく首を振った。

「……その日、私は一人で居残ってて、六時頃だったと思います、事務室にいると、『その人』がやってきたんです。話をしているうちに、机の鍵を取り上げたその人が、『ここに彫ってある言葉の意味を知ってる？』って尋ねてきました。『知りません』って答えると、『調べておくから』って、その人、鍵をポケットに入れてしまったんです。その人にしたら軽い気持ちだったと思います。七時には返してもらう約束でした。その鍵がないと私は帰れませんから」

「七時にその人は来ましたか？」

「はい。鍵は返してもらったし、そのことは忘れてたんです。でも昨夜のことを聞いて、もしかしたらあの時、その人がスペアを作ったんじゃないかって、心配になって……」

「その人に尋ねてみたのですか？」

「いいえ」

「なぜ？」

「その後で食事に誘われたんです。鍵に彫ってある言葉の意味を、調べたけどわからなかったらしくて、そのお詫びだといわれて。その時、スペアは作ってないっていわれたから」

「その人は誰ですか？」

「……」

「わたしが知っている人？」

自嘲的な、何かに挑戦するような声が即座に返ってきた――待っていたみたいに。

「文彦さんです」

驚いて城治は千里を見つめた。藤堂文彦の悪評は城治の耳にも届いていた。牧師の息子。であるにもかかわらず、無神論者。医学生であることを鼻にかけ、プレイボーイと眉をひそめられている人間。

気まずい沈黙が続く。

「昨夜幼稚園にいた人って、どんな人でした？」

千里の声は不安気だった。

「若い……たぶん村上先生くらいの歳頃の女性でした」

「ピアノを弾いていたって聞きましたが、どんな曲ですか？」

「月光です。ベートーベンの」

千里は唇をかみしめ、何かを考えている様子だった。

「ほかには？」

「何も。わたしを見るとすぐ駈けていってしまいました」

「綺麗な人でした？」

「暗かったのでよく見えませんでした。短い間の出来事でしたから」

城治は嘘をついた。

緊張が一度に解かれたように、千里はぼんやりとした眼でテーブルを眺めている。

「文彦さんとは関係のない人かもしれませんよ。ほかの先生でも言えずにいて、誰かに鍵を貸した人がいるかもしれませんせん」

気休めのつもりだったのだが、急に千里は考えこむような表情になった。

「そうかもしれません。みんな何も知らないふうに見えたけど、本当のところは誰にもわかりませんものね」

「村上先生が第三者に鍵を渡したなんていうことだって、こうしてきかなくては誰にもわかりませんよ」

千里が頬を赤らめている。城治は微笑して言った。

「実は、鍵は取り替えたほうがいいとわたしは考えているのです。そのようにオルセン先生にお話ししてみるつもりでいますが、たぶん先生も賛成してくださると思います。そうすれば、たとえ誰がスペアを作っていたとしても、用をなしませんから、村上先生が心配されるようなことはもうありません。この度は被害もなかったことですし、この話はここだけのことにしましょう。これからは鍵の管理に注意をしてください」

千里に笑みがこぼれた。

「はい。気をつけます」

コーヒーを飲み干して、城治が言った。

「おかわりをいただけますか？」

戸外では夕が終わっていた。夜の帳が降り、青紫に染まった空に宵月と金星が貼り絵のように浮かび出ている。

事務室ではストーブのやかんが音をたてていた。

「やっぱり北見先生に話してよかった……」

千里がくったくのない笑顔を城治に向けている。他愛のないお喋りをしながら二杯目のコーヒーを飲み終えた頃には、ふたりの仲は打ち解けたものになっていた。

「鍵のことです。ものすごく悩んだんです。ほかの先生には話しづらくて。北見先生はいつも落ち着いておられて、正しくて、大人だから」

「わたしだって本当のところは誰にもわかりませんよ。聖書の言葉にもあるでしょう、『羊の皮をかぶった狼』『偽装した天使』と」

「北見先生が狼なら、この世に羊はいなくなります。先生は素晴らしい伝道師です。私はここの教会員じゃありませんけど、先生のお働きの素晴らしさは、うちの教会でもよく知られています。先生の説教はいつも人々を感動させるし、先生のお働きによってたくさんの人が回心したって。文彦さ……」

思わず言ってしまったというようだったが、すぐにしっかりとした口調で続けた。

「文彦さんだって、ほめていました。北見先生が来られてから教会が生き返ったようになった。先生は非常に能力のある方だって」

「文彦さんが？」

意外そうな城治の顔を、千里は淋しげに見た。

「先生も文彦さんのこと、誤解しておられるんですね。無神論者だったり、お父さんに反抗したりしてるから……。文彦さんは淋しいんです。お母さんをたった七つの時に亡くしたんですから。悪ぶっているけど、気持ちは優しい人です。高校の時から知っていました。二つ先輩で同じクラブだったんです」

城治には初耳であった。

「何のクラブだったのですか？」

「ギターです。音楽が好きでそのクラブに入ったんですが、初めから文彦さん目当てで入った子もいました。先輩、女の子たちの憧れのまとでしたから」

『文彦さん』から『先輩』に、ことばが変わった。羞恥と憧れが混ざったその顔は、セーラー服を着ればそのまま高校生で通せそうだ。城治は聞き役に徹することにした。

「メンバーの数は多かったし、私なんかギターも下手でぜんぜん目立ちませんでしたから、話をするなんて、夢のまた夢でした。名前も覚えてもらっていたかどうか。でも一年が過ぎた頃になって、やっと先輩に話しかけてもらえたんです。卒業の記念にサインをお願いした時でした。先輩が牧師さんの息子だって知ってましたから、聖書を持っていったんです。深い考えはありませんでした。サインをしてもらうのが、思い出のノートとか、卒業アルバムだとかいうのより、素敵だと思ったからなんです。

そのとき先輩から、『君はクリスチャンなの?』って尋ねられました。私は『いいえ』って答えて。その時はそれで終わったんですけど。秋になって、先輩からクラブに大学祭の案内状が届いたんです。それでみんなで出かけていきました。先輩と一緒に模擬店をひやかしながら、ぶらぶらして。キャンパスは広いし、そのうちに、一人はぐれ、二人はぐれ、カップルみたいになって自然に離れていく人たちもいて……。気がつくと、先輩が隣にいて、私に言ったんです。『ぼくたちも二人でお茶でも飲もうか』って」

言葉を切った。その時の感激がよみがえっているらしく、うっとりと閉じた瞼の先がふるえている。

「模擬店のテーブルで、私たちは信仰について語り合いました。先輩が無神論者だということは、そのときに初めて知りました。私は、『神様はいると思います』と言いました。心から信じてそう言ったわけじゃありません。ただそう言うと先輩は反論してくるし、対等になったようで、嬉しかったんです。話はずっと平行線で、私がむきになって反対するので、おしまいには先輩は笑いだしてしまいました。『そんなに確信があるなら、君は洗礼を受けなくちゃね』って。私は『受けます』って答えました。そうしたら先輩は、まじめな顔をして言ったんです。『君がクリスチャンになったら、ぼくのために祈って欲しい。ぼくが信仰を持つことができるように』って。

私はその後、家の近くの教会に通い始め、しばらくして洗礼を受けました。そして先輩のために祈っています。毎日――。就職も、ほかに内定してたんですけど、空きがあるって知って、この幼稚園に変えました。少しでもそばにいたかったんです……片思いでも」

最後の言葉を口にした途端、うつむいた顔からポタポタと涙がこぼれ落ちてきた。

「すみません、泣くまいと思ったのに……」

エプロンのポケットからハンカチを取り出して涙を拭っている。しばらくして気が済んだらしく、恥ずかしそうに立ち上がった。

「帰ります」

「遅くなりましたが、大丈夫ですか？」

「はい、バスはまだありますし、平気です。こんな話、誰にもできなかったのに……。ありがとうございました。先生にきいていただけて、感謝です」

信頼を込めたまなざしがまっすぐに城治に注がれている。

城治は千里にほほ笑みかけ、二度目の嘘を言った。

「村上先生の願いが叶うように、わたしも祈りましょう」

五

バザーの朝はこれ以上はないというほどの上天気だった。太陽のように笑いながら、オルセン先生が忙しげに人々の間を行き来している。

「お早ようございます」城治が笑顔で挨拶をした。「先生の祈りが叶いましたね。素晴らしいお天気です」

「感謝です」オルセン先生も嬉しそうに応えた。「暖かいし、大勢の人が来られるといいですね」

始まりの十時にはまだ間があった。

園庭に並んだテントの下ではたくさんの人が働いていた。おでんのガスの火加減を確かめている人、カレーの鍋をかきまわしている人。トウモロコシの皮をむいているのは、幼稚園に子供を送った後、表門の前で、いつも呆れるほど長く立ち話をしている母親たちの輪の中の一人だ。焼きそばのテントにいるのは幼稚園バスの運転手。古本をダンボールから取り出しているのは町内のクリーニング屋の店主。彼はここの幼稚園の役員である。

玩具を台に並べているのは、駅前のスナック『カッコウ』のママ。今年の春に孫がこの幼稚園に入園した。若い時は「街を歩けば振り向かない者はいない」といわれたほどの美人だったそうだ。

教会堂では伝道用の映画を上映することになっていた。幼稚園では手芸品や古着などの販売。もう少しすれば早めの客が現れ、昼前には園児を連れた家族連れでこの広い園庭もあふれる。幼稚園の事務室の窓から場内放送を担当している千里がマイクを点検している姿が見えていた。

園庭では牧師館から藤堂牧師が出てくるところであった。

牧師はテントの前をゆったりと歩みながら、人々にねぎらいの言葉をかけていた。そのことに気づいた城治が、牧師に向かって歩いていった。

「藤堂先生、お早うございます。お身体の方はもうよろしいんですか？」

一昨日から牧師は熱を出して休んでいた。青年期に結核を患った身体は、実際の歳以上に弱っているらしかった。

「お早うございます、北見先生。ありがとう。今日は暖かいせいか調子がよくてね。皆さんがバザーのために奉仕して下さっていると思うと、のんびり寝ておられなくて……」

笑うと太い眉が下がり、普段の気骨に満ちた表情が消えて、優しい顔になる。

「みなさんよくやって下さっています。お天気にも恵まれて、今年のバザーも祝されたものになりそうです」

「感謝です」

準備に余念のない人々を牧師は満足気に眺めている。

青一色の空を、園庭をのぞき込むようにして鳶が飛び交っていた。

「林さんの奥様が、近所のみなさんとご一緒にバザーにいらっしゃるということで、さきほどお知らせがありました。高橋さんもお母さまと娘さんと午後からお見えになるそうです。それから内山さんのご主人から昨夜お電話をいただきました。おととい誕生されたお子さんの名前が決まったそうです」

「何て？」

「ユキコ。優しい祈りの子と書くそうです」

牧師の相好が、まるで自分の孫の名を聞いた時のように崩れた。

「それは良い名だ……」

「奥様も優祈子ちゃんも順調で、来週初めには退院だそうです」

バザーの始まりを告げるアナウンスが流れている。牧師に会釈をして、城治は園庭を後にした。


尖塔造りの教会は、アーチ形の扉を入ると、左に事務室、右に集会室、フロアの向こうの正面は、ステンドグラスの窓を持つ吹抜けの会堂となっていた。

フロアにはこの一年間の教会の行事で撮った写真が展示してあった。その写真を眺めている人垣の中に文彦がいた。ベージュのアラン模様のセーターにジーンズ。あかぬけた容姿が人目をひいている。文彦の隣に連れ立っている女性を見て、城治は足を止めた。

彼女の癖のない長い髪は漆黒だった。卵形の色白の顔のなかに、黒目がちな大きな目がある。目尻が心持ち上がっているのが、その上でカーブを描いて上がっている眉と微妙なバランスを保っていて、印象的だ。鼻は形よく優美。唇には薔薇色のルージュがひかれていた。

「失礼ですが……」

城治が声をかけると、文彦がふりむいて言った。

「この人に何か御用ですか？」

「人違いだったら申し訳ありません。この前の深夜、幼稚園にいた方に似ておられるものですから」

「深夜に幼稚園で？　何を言っておられるのかわかりませんね」

文彦を無視して、城治は彼女に尋ねた。

「幼稚園でピアノを弾いてたの、あなたじゃありませんか？」

「この人がピアノを？」文彦がからかうように応じた。「もしそれが本当なら、ぜひ僕も拝聴したかったよ。楽譜をたどるのがやっとの君に、なにが演奏できたのかを。北見先生、この人は音楽はからきし駄目なんですよ。僕が弾くギターだって、いつも上の空で聴いてる。幼稚園で弾いていたのは何ですか？『むすんでひらいて』？『きらきら星』？　なら君にだって弾けるかな」

「『月光』です、ベートーベンの」

文彦は笑いだしてしまった。

「それじゃあ、だんじて彼女じゃない。おもしろい話をありがとうございました。みずか、行こう」

みずかは城治を一瞥した後、無言のまま文彦と通り過ぎていった。その姿を見送りながら、城治はあの夜の記憶を辿ってみた。

百合子と見間違えた奏者。

明るい所で見ればはっきり別人だと判ったが、間違いない。

黙っていても強烈な個性の窺える、あの凜とした眉と目。

「迷子のお知らせを致します」

場内に放送が入った。

「赤いワンピースの二歳位の女の子の保護者の方、お子様がお探しですので至急幼稚園の事務室までおいで下さい。繰り返します……」

千里の声だ。彼女は与えられた持ち場で黙々と仕事をしている。

みずかを連れた文彦を千里が見るのはいつだろう？

あるいはもう知っているのだろうか……。

上映中の会堂に入っていくと、客席は満席であった。全員が熱心にスクリーンに見入っている。場面はちょうどクライマックスで、すすり泣きの声があちこちから洩れていた。場内を見渡しながら、城治は日曜日の説教の内容を考え始めた。そして、千里のことを忘れた。

盛況のうちにバザーは定刻の三時に終了した。テントが畳まれ、人々は後片付けを済ませて、夕刻には帰っていった。夜が訪れ、園庭にいつもの静寂が戻ってきた。

寝汗に気づき、城治は枕元の明かりを点けた。夢を見ていた。地下道の映像であった。

暗い迷路。

近づいてくる足音。

走り続ける城治。

いつもの夢、すっかりお馴染みに、もう城治の身体の一部みたいになってしまった夢だ。

起き上がって浴室に行き、熱いシャワーを浴びる。バスローブを羽織り、部屋に戻ってベッドに座りこむと、城治は両手で顔を覆った。

いつまでこんなことが続くのだろう？

迫る人影。

走っても、走っても、出口はない。

誰に追われているのか？

なぜ追われているのか？

その答えもわからない。

走って、走って、走り続けて、
ようやくたどりついた出口。

脱出しようとしたまさにその時、足首をつかまれる。

突然、吐き気がこみ上げてきた。

台所にかけていって、水道の蛇口をひねる。

部屋に戻り、机の引き出しを開けると、城治は白い革表紙の聖書をつかんだ。

それは、表紙が黒ずみ、金箔は剝がれ、ページがところどころ破り取られていた。

ふるえる手で開くと、イザヤ書の三十章が出てきた。そこには十八節から二十一節の言葉に、赤線が引かれていた。

〈それゆえ、主は、あなたがたに恵もうと待っておられ、あなたがたをあわれもうと立ち上がられる。主は正義の神であるからだ。幸いなことよ。主を待ち望むすべての者は。ああ、シオンの民、エルサレムに住む者。もうあなたは泣くことはない。あなたの叫び声に応じて、主は必ずあなたに恵み、それを聞かれるとすぐ、あなたに答えてくださる。たとい主があなたがたに、乏しいパンとわずかな水とを賜っても、あなたの教師はもう隠れることなく、あなたの目はあなたの教師を見続けよう。あなたが右に行くにも左に行くにも、あなたの耳はうしろから「これが道だ。これに歩め」ということばを聞く」

城治はページをつかみ、裂いた。

六

バザーが終わり、教会の年内行事はクリスマスを残すのみとなった。けれどこのクリスマスこそが教会にとって一年の最大イベントであった。

キャロリングに燭火礼拝、クリスマス礼拝に祝会。その前には、幼稚園、教会学校、青年会、婦人会、主人会、家庭集会と、各々のクリスマス会が目白押しに控えている。

そのための準備に忙しく、晩秋の日々は足早に過ぎていった。

その中で迎えた十二月の初旬――。

教会に帰った城治は車を駐車場に停めた。

後部座席から鞄を取って車に鍵をかけ、歩き始める。

教会の前を通り、脇の小道にさしかかった時、「北見先生」と呼ばれた。顔を上げると、幼稚園の玄関に千里とみずかの姿が見えた。城治は足早に近付いていった。

「今日、キャロリングの練習があるはずだったんですか？」

千里の困惑した顔に城治は情況を察し、みずかに向かって説明した。

「今夜七時半からと週報にはお知らせしたのですが、参加希望者の中でこの日は都合が悪いという声が多かったものですから、明日に変更になったのです。せっかくいらして下さったのに、申し訳ありませんでした。明日はきっと行ないます。同じ時刻に。よろしければぜひ明日の夜いらして下さい。失礼ですが、お名前は何とおっしゃるのですか？」

「森中です」

みずかは中庭のケヤキに視線を移した。

「別にいいんです。文彦が、誰が歌いに来てもいいって言ったからのぞきに来てみただけですから。失礼します」

引き止める間もなかった。小走りの赤いコートが外灯に浮かび、遠ざかっていく。

「綺麗な人……」

みずかの消えた闇に向って千里が放心したようにつぶやいた。

「あの人、バザーの時に文彦さんと一緒にいた人ですね」

千里は寒さなどまるで感じていないかのようだった。同じ姿勢で同じ闇を、惚けたように見続けている。

城治は鞄を下に置き、コートのポケットに両手を入れた。

「今日は遅くまでいるんですね」

「やらなきゃいけないことがいっぱいあって」

「まだ仕事するんですか?」

「……あ、いいえ。もう今日は終わりにするところです」

「じゃあ、コーヒーをご馳走していただけるとありがたいのですが」

思いがけない言葉だったらしく、千里は一瞬不思議そうに城治を見た。が、すぐに笑顔になって、「はい」と答えた。


事務室には床や壁や机にさまざまな色彩があふれ、塗料の匂いがたちこめていた。

折り紙、色画用紙、ハトロン紙、セロハンの類い。ポスターカラー、絵の具、クレヨン、ラッカー等々。ハサミ、テープ、カッターナイフ、ホッチキスがテーブルに所狭しと散らばっている。部屋の隅のダンボールの中には、薄紙で作った花と厚紙細工の金銀の星が山となって積まれていた。

「ほかの先生は帰られたのですか？」

城治がソファに腰かけると、千里はテーブルを片付け始めた。

「ええ、みなさん五時には」

「これはクリスマス会の準備？」

「はい」

「大変ですね。ほかの先生は残られないのですか？」

「みなさん、お忙しそうで」千里は鷹揚にほほえんだ。「頼まれるとことわりきれなくて。私って要領が悪いんです」

笑うと左頬にほんのりと優しい笑くぼが浮かぶ。ソファから千里を見上げた城治は、そのことに初めて気がついた。

「これは、紙芝居？」

「はい。私、絵を描いたり、お話を創ったりするのが好きなんです。これだけは自分から名乗りをあげました」

「『セバスチャンの夢』。おもしろそうですね」

「さっき仕上がったばかりなんです。そうだわ先生、もしよかったら、観客第一号になっていただけませんか？」

城治はにっこりと笑った。

「喜んで」

紙芝居を膝に置くと、千里が穏やかな口調で語り始めた。

「むかしむかし、ガリラヤに、セバスチャンという名のロバがいました」

それはロバを主人公とした降誕の物語であった。

長旅で疲れ切ったヨセフと、今にも子供が生まれそうなマリアが宿を探している。二人分の荷物と身重のマリアを乗せたセバスチャンは心配顔だ。どこの宿屋にいっても満員で、宿を断られるからである。

部屋は居心地よくストーブが利いていた。

朝の集会。午後の勉強会。その後は信徒の家庭への訪問。人々の中に在って、一日中どれほど神経をすり減らしていたかが、いまになってわかる。

ここは暖かい。

ここは平和だ。

まるで遠い南の島にいるようだ。

だしぬけにびっくりしたような千里の声が上がった。

「いけない！　私ったらうっかりで。夢中になると忘れちゃうんです。すぐコーヒーいれますから」

あわててキッチンに向かう千里を、城治は笑いながら眼で追い、ソファの背に身体を埋めた。

七

翌日のことである。

夕刻が過ぎ、辺りは暗くなっていた。

城治が教会に帰り着き、幼稚園の横の小道を歩いていると、背後から「北見先生」と呼ばれた。ふり向くとみずかがそこにいた。

「キャロリングの練習は今日もないんですか？」

外灯のもとで、黒目がちの目が挑むように城治を見上げている。

城治が腕時計を見ると、7時42分を指していた。

「クリスチャンというのは約束を守らない人種なんですか。明日はきっとするると、先生、言われましたよね？」

「申し訳ありません。園児の親御さんで教会の信徒の方が、今朝交通事故に遭われて、緊急に手術をされることになったものですから。今まで病院に詰めていたのです。幸い大事には至りませんでしたが、今晩のキャロリングの練習は中止になりました。ご連絡しようとしたのですが、文彦さんがつかまらなくて」

みずかは顔を地面に向け、何かを考えているふうだった。

「別にいいです。今日も暇だったから、帰りに寄ってみただけですから」

「家はお近くなんですか？」

「大森町です」

それは教会の隣の町名であった。

「文彦さんとは同じ大学？」

「教会では身元調査もされるんですか」

長い髪の耳の辺りをゆっくりとかきあげている。

「そうよ。文彦と同じ大学。同じ学部。歳は二十歳。名前はみずか」

傲慢な眼で、にっこりと笑った。

「これでご満足？」

「よろしければ二人で練習をしませんか。二度もいらしてくださったのですから」

相手の返事を待たず、先になって城治は歩きだした。


城治はすみれ組の掃き出し窓のカーテンをいっぱいに開けた。ピアノの椅子に座ってふり向くと、みずかはまだ入り口に佇んでいた。

「どうぞ、お入りになってください」

「先生って案外強引なのね」

その声はどこか弱々しかったが、城治に向けたみずかの眼は強い光を放っていた。

「強制されるのは嫌いなの。歌い飽きたらやめるわ。それでもいいなら」

城治が頷くと、みずかは意を決したように中に入り、ピアノの横に立った。

「クリスマス賛美歌はいくつか知っています。キャロリングは何番を歌うんですか？」

「一〇六番の『あら野の果てに』と、一〇九番の『きよしこの夜』です」

「歌詞は覚えてるわ」

その言葉を証明するかのように、突然歌声が上がった。

あら野の果てに、夕陽は落ちて
たえなる調べ　あめより響く
グローリア　インエクセルシスデーオ
グローリア　インエクセルシスデーオ

正しい発声。正確な音程。何よりも瑞々しいソプラノの声が素晴らしかった。伴奏をしながら城治も二番から声を合わせた。

ひつじをまもる　野べのまきびと
あめなるうたを　よろこびききぬ
グローリア　インエクセルシスデーオ
グローリア　インエクセルシスデーオ

みうたをききて　ひつじかいらは
まぶねにふせる　み子をおがみぬ
グローリア　インエクセルシスデーオ

グローリア　インエクセルシスデーオ
今日しもみ子は　うまれたまいぬ
よろずの民よ　いさみてうたえ
グローリア　インエクセルシスデーオ
グローリア　インエクセルシスデーオ

歌い終えた城治とみずかは、思わず笑顔を見合わせた。腹の底からの声、最後まで歌い切った達成感。二人で力を合わせて何事かを成し遂げたような一体感が、互いの間に生じていた。

「先生、歌が上手なんですね」

「あなたこそ。声楽をやっておられるのですか？」

「少しだけ。自己流です。賛美歌はクリスマスの頃によく歌ったので、自然に覚えたんです」

「歌が好きですか？」

みずかは生き生きと目を輝かせた。

「ええ歌だけ。父は私にピアノをさせたがっていたけど、私は頑としてやらなかったから」

「ピアノが嫌いなのですか？」

「そう、相性が悪いの」

その表現をおかしく感じ、城治が笑うとみずかも笑い、二人は打ち解けた眼を交わし合った。

「一〇九番も歌いますか？」

「でも、ここは寒いわ」

赤いコートのポケットに両手を突っ込んでいる。城治は立ち上がり、ストーブを点けて言った。

「事務室に行きましょう。部屋が暖まる間、熱いコーヒーをご馳走します」

教室の外は冷たい夜気に包まれていた。ひっそりとした廊下に二人のスリッパの音が響く。月の光が中庭の木々を銅版画のように照らしていた。

事務室に入り、城治がストーブの火を点けると、みずかはコートを脱ぎ、ソファに座った。

「遅くなってもかまわないのですか？」

「門限なんてありませんから」

「ご兄弟は？」

「いません」

「森中さんのお宅は、大森町のどの辺りですか？」

「先生って質問ばかりするんですね」

みずかは城治に挑戦するような眼を向けた。

「今度は私の番だわ。好きな食べ物は？」

「食べ物に好き嫌いはありません」

「好きな色は？」

「特にありません」

「歳は知ってるわ。二十七。アメリカ国籍の日本人。オレゴン州、ポートランドの出身。アメリカの神学校を優秀な成績で卒業。ここにきてからは、品行方正、スキャンダルなし、信徒の評判が上々の有能な伝道師。文彦の受け売りよ。神学校に入る前はどこで何をしてたんですか？」

出来上がったコーヒーをテーブルに置き、城治はみずかの向かいに腰かけた。

「アメリカで法律の勉強をしていました。わたしは孤児で、アメリカのキリスト教主義の施設で育ったのです」

「アメリカ育ちにしては日本語がうまいわね」

「施設には日系人が多く、すぐ近くに日本人教会もありましたから。日本語もキリスト教の信仰も、自然に身についたのです」

「どうして聖職者になったの？」

「神様の愛を多くの方に知ってもらいたいと願ったからです」

ふいにみずかは立ち上がり、そばにあったダンボールから中のものを取り出した。

「何かの衣裳かしら？」

「クリスマス会の天使の衣裳だと思います」

「幼稚園の子供って、こんなに小さな服が着られるのね。これは？　頭に乗せるもの？」

厚紙で作った金の輪冠を手にしている。

「そうです。ベールを被って、それを上にはめて固定するんです」

「リトルエンゼルの、いっちょう上がりね」

白い衣装をひらひらさせていたが、急に思いついたように言った。

「北見先生は天使がいるって信じているんですか？」

城治は答えるためにカップをおいた。

「そんなことが、信じられたらいいでしょうね」

みずかが小さくつぶやいた。

城治の返事など本当はどうでもいいように、衣裳のすべすべとした表面を撫でている。

「天使がいて、私たちを守ってくれて。神様がいて、私たちを愛してくれて。そんなことが、本当に、信じられたら……」

みずかの声はどこか遠くから聞こえてくるようであった。

「そうしたらどんなにか、いいでしょうね」

時の流れがゆっくりと、せき止められていくように感じた。

天使がいて
私たちを守ってくれて
神様がいて
私たちを愛してくれて
そんなことが
本当に

信じられたら

憧れをこめたその声は、夢みるような調子で繰り返された。

そうしたら
どんなにか
いいでしょうね
いいでしょうね
いいでしょうね

城治はいっとき、自分がどこにいるのかを忘れた。

気がつくと、みずかは赤いコートを手にしていた。

「わかるの。孤児だったことは本当だけど、どうして聖職者になったのかという質問の答えは、嘘だわ」

城治から眼を逸らすと、みずかは事務室を出ていった。

次にみずかが城治の前に姿を現したのはクリスマスの夜だった。

幼稚園を会場として、三つの教室の隔ての戸を取り払い、二百名近くの人々が集った教会のクリスマス会であった。

一部は燭火礼拝、二部が祝会。歌や劇や合奏が披露され、予定の時刻通り会は終了した。帰途につく者もいたが、たいていの者は立ち去りがたく、誰かれとなく言葉を交わしたり、後片付けを手伝ったりして、会場に残っていた。

みずかを同伴した文彦が城治のもとにやってきた。

「北見先生、クリスマスおめでとうございます」

ストライプの三つ揃いを着込んだ文彦は、美しいアクセサリーを見せびらかすようにみずかの腰に腕を回していた。緑色のワンピースにショールを羽織り、髪を高く結い上げたみずかは、いつもより大人っぽく妖艶に見えた。

「おめでとうございます。楽しんでいただけましたか？」

「青年会の劇がよかったですね。台本は北見先生がお書きになったとか。感心しました」

「子どもが退屈しないようにと、わかりやすさを心掛けたつもりなのですが」

「うたって、弾けて、脚本も書く。先生ってオールマイティーなのね」

みずかがあでやかにほほ笑んだ。

「私、今夜は北見先生に会いたくて来たの。先生、あの夜は楽しかったわね。またコーヒーをご馳走してください」

「あの夜って?」

文彦を無視して、みずかは意味ありげに続けた。

「このあいだの質問にお答えするわ。私の家は、坂並交差点の角にある『ライト』っていうベーカリーレストランの裏よ。脇の道を入ればすぐわかるわ。今までボーイフレンドに家を教えたことはなかったけど、先生は特別よ。いつでも来てね」

面目まるつぶれの文彦は、怒りもあらわにみずかの腕を取った。

「どういうつもりなんだ?」

「先生にご挨拶しているだけよ」

「いつ? どこで? どこで北見先生に会ったんだ?」

文彦の手を払い除け、みずかは毅然とショールを肩に掛け直した。

「気が変わったわ。文彦、夜のドライブはキャンセルよ。北見先生、素敵なクリスマスの夜をありがとう」

八

大晦日、教会では午後九時に年末感謝祈禱会が終了した。人々が家路に着いた後の礼拝堂に城治はひとり居残っていた。

「北見先生」

ふりむくと、みずかであった。いつのまに来たのか、扉の前に立っている。

「大晦日でも仕事なの？」

ゴールドの造花のようだったクリスマスの夜と違い、草色のセーターにスラックスのみずかは水辺の葦を想わせた。

「祈ることが仕事というのなら、そうですね」

膝の聖書を閉じ、城治はみずかに微笑した。

みずかは中に入ってきて、長椅子の城治の隣に腰かけた。

「評判どおりの立派な聖職者ぶりね。おまけに、礼儀正しくて、冷静で、親切。でもこれは一般論だわ。文彦の見解では、北見先生は、計算高く、ずるく、人に取り入ることだけを考えている詐欺師だそうよ。もっと言ってたわ。昇格を目指しているインチキ野郎、出世しか頭にないペテン師。先生の人気を妬んでるのよ」

「あなたの見解は？」

「仮面をかぶっている」

素っ気なくいって、探るように城治の眼を覗き込み、尋ねた。

「幼稚園教諭の村上千里ってどんな人？　文彦といつ頃からつき合ってるの？」

「村上先生は文彦さんの高校の後輩なだけです」

「でもその村上先生っていう人が日直の時、文彦は幼稚園に上がり込んでるわ。冬休みの幼稚園で、二人きりで何をしていることやら」

「だからあんな態度をとったのですか」

「あんな態度？」

「クリスマス会の時です」

みずかは心の底から驚いたらしかった。呆気に取られたようにしばらく城治を見ていたが、いきなり笑いだした。

「ジェラシーから？　まさか。あいつ、私のほうから声をかけたら、いい気になって、恋人気取りで。今頃になって冷たくしたものだから、すっかり怒り狂っちゃって。いい気味だわ。女の子は誰でも思い通りになるって思ってるんだから。文彦に近づいたのには目的があったの」

「目的？」

「復讐のためよ」

その言葉の持つ妖しい魔力を楽しむかのように、講壇の十字架を見つめ、しばらく黙っていた。

「あいつ、相当なプレイボーイで、自殺未遂にまで追いやられた子もいるの。遊ぶだけ遊んで、あとはグッドバイ。相手の気持ちなんてまるで考えない。特定の誰かのためっていうんじゃないけど、死にたくなるほど打ちのめされるっていう気持ちを、あいつにも味わわせてやりたいって思って」

「いつまでそんなことをするつもりですか？」

「いつでも終わりにできるわ、ただの暇つぶしなんだから。でも、文彦のことなんて、もうどうでもいいの。あいつはつき合えばつき合うほどわがままな能なしだってわかったし、ばかばかしくて」

「手厳しいですね」

「そうかしら？　あんな人間が医者になるのかと思うと、日本の将来は暗いわね。ま、クラスにはもっと変人がいるけど」

「あなたが医学部を選ばれたのには、理由があるのですか？」

「父の果たせなかった夢よ。長男で、家業を継いだから」

「あなた自身の夢は？」

「相変わらず質問が好きなのね、先生。父の夢が私の夢。そういうふうに育てられたの」

ふいにみずかは立ち上がった。

「今度は私の番よ」

壇上の十字架を背に、城治を真っすぐに見て、尋ねてきた。

「先生は孤児だっていったわね。施設で暮らしている時、お父さんとお母さんに会いたいって思わなかった？」

「思わなかったと言ったら嘘になります」

「自分を可哀想に感じなかった？」

「感じました」

「今日は正直なのね。お返しに私の秘密を教えてあげるわ」

低く笑い、床に目を落とすと、みずかは声をひそめた。

「どうしてなのかはわからないの。でも、パパもママもいるけど、私は森中家の子供ではないんだって、ずっと思ってたの。私のパパとママはよそにいて、私はいっとき預けられているだけで、だからいつかは迎えにきてくれる。本当のパパとママがきてくれる。小さなときからずっと、そう思っていたの」

吹き抜けの会堂に、その声は浮遊物のように漂っていた。ゆらゆらと風景が揺れる。空気が変化し、椅子や壁が紺碧に染まっていく。

ピアノの調べ――月光――が、聞こえてきた。城治は深い海の底にいるような不思議な錯覚に、急激に捉われていった。

「私、パパやママのいうことは何でもきいたわ。二人がそうあってほしいと願っている、その通りの子供になって。いつもいい子に。でも、迎えはこなかった。二年前、パパが死んだの。ママは変わったわ。私はもういい子でなくてもいいの。でもどうしたらいいのかわからないの。本当の私はどこにいるの？　どれが本当のみずかなの？」

城治の胸に急激にこみあげてくるものがあった。普段は抑制している情感が堰を切り、みずかに向かって洪水のように梢をのばしていく。

「どれも……みんなあなたです。どれも本当の森中さんです」

「人殺しのみずかも？」みずかの目には涙があふれていた。「パパを殺したの」

ここはどこだろう？

月光が鳴っている。地下道に似た、碧い世界。

声が届かない。光が射さない。罪が赦されない地だ。

海はなんて暗いのだろう。闇はなんて深いのだろう。

小窓は閉まっている。そして、高く高く、手の届かない位置にある。

こま送りのビデオを観ているようだった。立揺れる海藻のような足取りで、ゆっくりとみずかが歩きだした。

水の中を遠ざかっていく。

やがて、城治の視野から消えた。

九

元旦と二日の朝は快晴で、三日も空は明るく晴れていた。園庭はブランコやすべり台で子供を遊ばせる親子連れで賑わっていたが、陽が落ちて冷え込みが増すと人の姿がなくなり、いま敷地内は静まっていた。

城治の部屋の電話が鳴った。受話器を取ると、藤堂牧師であった。

「実家から送ってきた餅があります。文彦はスキーに出かけて留守ですし、よろしければうちで夕飯を一緒になさいませんか？」

それは思いがけない申し出だった。牧師とはそれまで仕事以外のつきあいをしたことがなかった。

胸の弾みを覚えながら城治は答えた。

「喜んで伺わせていただきます」

城治は園庭を牧師館に向かって歩いていた。オルセン先生は休暇を宣教師仲間のところで過ごしていて留守だった。牧師館の明かりが宵闇に白い花のように浮かび上がっている。

玄関に着くと、奥の間に通された。台所続きの六畳の和室で、茶箪笥とテレビがあるだけの質素な部屋であった。

「男所帯なので殺風景で……。どうぞ、足をのばしてください」

こたつにおせちの料理が並べてあり、餅を入れればいいばかりに雑煮の用意も整っていた。

「料理は仕出しですが、餅はわたしの妹夫婦がついたものです。もう歳なのに、こればかりは若い者に譲らんのです」

牧師がストーブに乗せた網で餅を焼き始めた。瘦せて血管の浮き出た手が、慣れた手つきで箸を扱っている。ふと、文彦と牧師が向かい合って食事をしている姿が、城治の脳裏に浮かんできた。二人はここでどんなふうなのだろう？　何を話すのだろう？　と、城治は思いを巡らせた。

「文彦さんはスキーはどちらへ」

「信州です。二・三日は帰ってこないでしょう」

焼き上がった餅を二つの椀に入れる。食前の祈りが終わると、牧師が箸を手に言った。

「さあ、熱いうちにあがりましょう」

箸をすすめながらの話題は、昨日の苑部のことから始まった。

苑部で月に一度家庭集会を開いている椎名家では、毎年正月の二日に新年会を行なっていた。正月休みで家にいる地域の人々の楽しみのためだったが、家庭集会の参加者を広めるということを本来の目的としており、城治も招かれたのだった。

「全部で三十人くらいでしょうか、広い座敷がいっぱいで。歌や踊りや、琴のお披露目もあって、楽しい会でした」

「苑部の人も北見先生には馴染まれたようですね。あそこは田舎で、閉鎖的なところがありますが、ひとたび心を開くと、素朴で親切な人ばかりです」

牧師は思い出したように笑ってつけ足した。

「北見先生の奥さんの世話をしたいと、写真を持ってこられる方もあるようで、断るのがひと苦労だと椎名さんが言っておられました」

「それは……初耳です」

「失礼ですが、先生はご結婚については？」

「いえ、まだ……」

「大切な問題です。まだお若いし、急がれることはないでしょう。わたしも一人が長かったので、周りにいろいろと言われましたが、時期がくれば、あるべきところへ導かれ、なるべき姿となるものです」

　茶を啜り、牧師は打ち明けるように言った。

「お恥ずかしい話ですが、わたしは親から勘当された身の上なのです。生まれは山陰の旧家で、代々禅宗を信仰している手堅い家系でした。わたしはその家の長男なのですが、キリスト教を信仰するようになり、それだけが理由ではないのですが、縁を切られました。実家とはそれきりだったのですが、五年前に父が亡くなり、その折に帰省したことがきっかけとなって、復縁となりました。一年後に母も亡くなり、今はこの餅を送ってくれた妹夫婦が、家を継いでくれています」

「キリスト教の信仰を持たれたのは、どういうことがきっかけだったのですか？」

「若い頃に結核を患って、療養所に入っていましたから、青春時代というものがなかったのを、親が不憫に思い、治ってから留学をさせてくれたのです。イギリスでした。そのとき触れたキリスト教が、日本に帰っても忘れられず、教会に通うようになりました。最初は説教を聞いてもよくわからなかったのですが、ある日、聖書を読んでいて、福音書のキリストの言葉が、心にすっと合点がいったのです。鮮烈な体験でした。そのあと真剣に求道をはじめ、洗礼からまもなくして献身をしました」

食事を終えた後も、語らいは続いた。主に牧師が話したが、城治も聞き役ばかりではなかった。饒舌とは言い難い牧師のとつとつと心に沁み入るような話しぶりと、相手が語っている時に見せるすべてを包み込むような眼差しは、城治に不思議な安らぎを覚えさせ、時を忘れさせた。

牧師館を辞したのは、日付けがかわるころだった。帰る道すがら、城治は「自分は偽善者だ」ということを考えていた。自分は牧師がそうと思っているような人間ではない。訓練によって獲得された贋像を、牧師は見ているだけなのだ。

その思いは城治を淋しくさせた。

空には月がなく、広い園庭は闇に覆われていた。城治はふり返り、牧師館の明かりを確かめた。

十

冬休みが終わり、幼稚園に子供たちの姿が戻ってきた。乗り手のなかったぶらんこが風を切り、ジャングルジムからは稚《おさな》い歓声が上がっている。新しい年が始まって、各々の集会が再開された教会からも賛美歌を唱う声が流れていた。敷地内は人の出入りで活気づいていた。

星のない夜であった。冷たい夜気が窓から浸み入っている。

城治は教会の事務室で机に向かっていた。

気がつくと、いつの間にかペンを持つ手が止まっている。いつもそうなのだ。記憶の隅に押しやっているはずなのに、何かの拍子にふいに現われてくる。長い闘いの日々の末に「答え」が与えられたあの日の情景が――。

ポートランドの空は明るかった。呼吸器を取り除いた百合子は薔薇色の頬をしていた。百合子はまるで生きているようだった。

「ジョージ」

城治はとっさにふりむき、そしてつぶやいた。

「百合子……」

「先生のことをこう呼んでいる人がいるのね」

いつのまにきたのか、赤いコートを手に、壁にもたれかかっている人間――それは百合子ではなく、みずかだった。

「百合子。その人は誰？　先生の恋人？」

ほほ笑んだその表情は、からかっているようであり、傷ついているようでもあった。

城治は気を取り直して机にペンを置き、みずかと向き合った。

「初めて見たときも間違えました。すみれ組でピアノを弾いて……」

「あれは私じゃないわ」

「あなたでした」

「私はピアノは弾けないわ」

踊るような仕草で、ピアノを弾く真似をしている。

「難しいわね、出来ることを証明するのは簡単だけど、出来ないことを証明するのは、困難だわ」

「この前は驚きました」

「私が本当のパパとママを待ってたってこと？」

笑いながら長い髪をかきあげている。

「それともパパを殺したってこと？　それとも、それとも……みんな、なにもかも、もうどうでもいいの……」

「酔っていますね」

「そうよ。二十歳過ぎてるんだから、お酒飲んだってどこが悪いの。それとも教会は、酔っぱらいは『シンニュー禁止』なの？」

両腕で車のハンドルを回しているようなポーズをとっている。

「もう遅い。お母さんが心配されますよ」

「お母さん？」

途端に引きつったような笑い声をあげた。

「ママ。ママ。ママ！　もうたくさん！」

大きく身体が左右に揺れた。横縞のセーターが熱帯魚のように波打っている。

「文彦はね、私のことを考えると、夜も眠れないんだって。気位の高いあのプレイボーイが、私の前で涙を流して言うのよ、『愛シテイル』って。ああ、こんなおもしろい話ってないわ。あんまり一生懸命なものだから、かわいそうになってきちゃって……。復讐は終わりね。相手に同情するようになったら、お仕舞いだわ」

身体がくずおれた。ストーブの真横だ。

とっさに城治は立ち上がっていって、間一髪で抱きとめた。

「どうしてこんなになるまで飲んだのです」

城治の語気は荒かった。

みずかは驚いたように城治の腕の中で目を開けた。

「死にたかったの。水に飛び込むんでも、手首を切るんでも、何でもよかったんだけど、勇気がなくて。お酒を飲んで、いっぱい飲んで、そしたら思い切ってできるかなって。一生懸命頑張ったんだけど。私ったら馬鹿みたい、水に飛び込まないで、北見先生のところに来てる」

「どうして死のうとしたんですか？」

「どうして……？」

気怠るそうにいい、ぐったりともたれかかってきた。

「死ぬのに理由がいるの？　じゃあ、なぜ生きてるの？　なぜ生きていかなくちゃいけないの？　理由を教えてちょうだい」

城治の胸をドアのように叩いていたが、やがて啜り泣きを始め、そのまま城治の胸で眠りこんでしまった。

抱き上げて会堂に運ぶ。長椅子に寝かせ、そばにあった膝掛けをかける。吹き抜けの会堂は寒かった。ストーブを長椅子に近づけて点け、様子をうかがった。

ぐっすりと寝入っている。眉の間にかすかに皺を寄せて。乾いた涙の跡が銀色の筋となっていくつも頬に残っていた。

なにをこんなに苦しんでいるのだろう？

膝掛けを直しながら、城治は奥歯を嚙みしめた。

――パパを殺したの。

本当だろうか？

風の音が強まっていく。夜は刻々と更けていったが、吹き抜けの会堂はなかなか暖まらず、みずかはいつまで経っても眠りから覚めなかった。

家まで送っていくことに決め、キィを取りに幼稚園の上の自室に行った。

戻ってみると、膝掛けがたたまれた長椅子に、みずかの姿はなかった。

十一

二月の半ば。凍るような寒さの夜だった。真っ暗な空に悲鳴のような風が吹き荒び、闇の中を雪が飛び交っている。祈り会が終わって誰もいなくなった教会で、城治は戸締まりを確かめていた。

玄関を出ると、「北見先生」と呼ぶ人影があった。目をこらして見ると、闇の中に木立に紛れてひっそりとみずかが立っていた。

「すみれ組に連れてって」

すみれ組の教室でストーブに火を点けながら城治が言った。

「いつからあそこにいたのですか？　こんな寒さの中、コートもなしで。唇まで真っ白ですよ」

みずかは窓辺のピアノを見ていた。

「初めて文彦から北見先生のことを聞いた時、ジョージっていう名前、すぐに覚えたわ。

私の好きな人と同じ名前だった。その人はアメリカ人で、映画スターで、ハンサムで、歳は四十くらいに見えたわ」

心の内にしまっていることを話しだす時の癖のようだった。低い抑揚のない声で、みずかは語り始めた。

「でも実際の年齢は六十五だった。私が観たのは彼が若かった頃のテレビ番組のシリーズもので、探偵の役をしてたの。一目で好きになったわけじゃないの。見てるうちにだんだん。とっても優しい顔をして笑うの。古い番組だし、昔のことだし、名前だけで何もわからず、どんな俳優なのか、どういう人なのか知らなかったけど、それでもよかった。ジョージの優しい笑顔を思い出すと、幸せな気持ちになれたの。あの人がどこかにいるんだ、それがたとえ遠いアメリカでも、その気にさえなれば、会うことだってできるんだって、そう思うと、とっても安心で。

ある朝、新聞を見ていて、何気なしに目をやった箇所に、ジョージの名前があったわ。死亡欄だった。

『六十五歳、呼吸器系の合併症のため、ロサンゼルスの病院で死去』。ショックだった。新聞には彼がもっと若かった頃、ヘップバーンと共演した人気スターだったことや、そのあとぱっとしなかったけど、最近はテレビドラマのシリーズで人気を盛り返してたことなんかが書いてあったわ。私、その日のうちに、ヘップバーンの映画のビデオを買って来て観たの。テレビの洋画劇場では、彼が亡くなったということで、予定を変更してジョージの最近のドラマを映してたわ。でも、どっちも私の好きなあの探偵のジョージと違うの。ヘップバーンと共演していたときのジョージは、若すぎて別人みたいだし、最近のテレビのジョージは、歳を取り過ぎてた。私の好きだったジョージは、四十歳くらいに見える、あの年齢のままのジョージだったんだわ。

彼の前では小さな子供になって、そう、三歳か四歳くらいの。私はただジョージに、頭を撫でてもらいたかったの」

ピアノの椅子に座った。両手を鍵盤に置くと、『月光』が流れ始めた。

たちまちに部屋が蒼い海底に変わっていった。

月のため息のようにそれは始まり、やがて小さな嵐へと向かっていった。

第一楽章を弾き終えたみずかは、ふたたび話を始めた。

「文彦からバザーに誘われた時、『幼稚園の鍵を貸してくれたら行ってもいいわ』って答えたの。深い考えなんてなかったのよ。面白半分で。文彦がどこまで私のいうことをきくか、試してみたかっただけ。すると次の日、『内緒でスペアを作ったから』って、鍵を渡されたの。使う気なんて全然なかったのよ。でもあの夜は眠れなくて、それで鍵が本物かどうか確かめてみようって、気まぐれを起こしたの。ここにくると、ピアノがあって。二階に人が住んでいるなんて知らなかったの。気がついたら『月光』を弾いてたわ。

パパは素敵な人だった。賢くて、お洒落で、ユーモアがあって。私をとても愛してくれたわ。私はパパが好きだった。

でもどこか、何かが変だったの。どこってちゃんと言えないけど、何かが違う。パパはよその子のパパとは、どこか違う。私、ときどきパパが恐かった。二人きりでいる時に、パパが私を呼ぶ時の声や、パパの私を見る目が――。

高校三年生の時、パパの誕生日に、パパの好きな『月光』を弾いて驚かせようと思ったの。クラスメートの男の子が、一楽章だけだったら初心者でも弾けるようになるから、教えてやるっていってくれたから。一オクターブより上を押さえなきゃいけない箇所がいくつもあって、苦労したけど、『森中さんは指が長いから、ピアニストになれる手だ』なんて、おだてられて頑張ったわ。

あるときその子と家にいると、パパが帰ってきたの。ママは留守だったし、その子も私もちょっとあわてたわ。ピアノの練習は終わってたし、普通にしてればよかったんだけど、パパに内緒にしているっていう意識があったものだから、そうなっちゃったのね。パパはそんな私たちを見て、誤解したらしかったわ。『何をしているんだ』っていうの。すごい顔をして。『お前たちは誰もいない家で、二人きりで、何をしているんだ』って。その子はあわてて帰っちゃったわ。私はパパに怒ったの。『友だちにあんなことをいうなんて、どうかしてるわ』って。『お前を誰にもやらない』パパは言ったわ。『わたしだけのものだ』って。そして……」

表情を崩さない顔に涙が伝っている。大きくまばたきをして、みずかは目を伏せた。

「パパは私の本当のパパじゃなかったんだわ。もしかしたらって思ってた。でも違う。そんなことがあるはずはないって、心の底では信じてもいたのに……。もう一緒には暮らせないって思ったわ。パパが許せなかった。――だからパパの上着に入っていた薬を抜いたの。心臓を患っていたパパは、いつも薬を使ってたわ。それがないと発作が起きたとき、パパがどうなるか、私、よく知ってた。でも本当に……本当に、死んでしまうなんて……。私が殺したの。私がパパを殺したの」

ピアノの椅子から立ち上がり、城治に向かって歩き始めた。

「先生はジョージにちっとも似てないわ。先生の笑顔は優しそうじゃない、つらそうなの。でも私は先生が好き。ジョージを好きだったみたいに、先生が好き。先生にだったら何でも話せる。そばにいても恐くないの」

城治の間近に来た。手を伸ばさなくてもみずかの髪が、今にも顔に触れんばかりだ。

「今日、文彦に誘われたの。私、ホテルについて行ったわ。試してみたかったの、あの時のことを忘れられるかって。でも、駄目だった。文彦をぶって、シーツをしわくちゃにして、そしてここに来たの。北見先生のところ」

しなやかに、からめるように、声が城治の耳をくすぐる。

「先生、好きよ。私……このままだと生きられない」

城治の脇に腕をすべり込ませて、ささやいた。

「私を癒やして。先生なら恐くないの」

どこかで電話が鳴っている。

どこか、遠いところで……。

「お願い……」

背中に回した腕に力をこめ、みずかは城治の胸に顔を埋めた。

ここはどこだろう？

城治は夢を見ているような気がしていた。

深い海の底だ。

あの時と同じ、ここには光が届かない。

けれどなぜ、電話の音がしているのだろう？

なぜ――？

城治は自分の手を、どこに向かわせるべきかためらっていた。しかし、みずかの髪の香りと、柔らかな身体の感触に、しだいにものを考えることができなくなっていった。

遠くで電話がまだ鳴っている。

しかし、やがて切れた。

突然、幼稚園の電話が鳴った。

一瞬にして城治は悟った。さっきの電話のベルは、二階の城治の部屋から鳴っていたのだ。

「こんな時間です。緊急なことかもしれません」

背中の腕を優しく解いて言った。

「すぐ戻ります。待っていてください」

みずかを傷つけることを城治は恐れた。

事務室の受話器を取ると、電話は切れてしまった。

急ぎ足で廊下を戻る。すみれ組に帰ると、掃き出し窓が開き、カーテンが風にゆれていた。

教室にみずかの姿はなかった。

十二

園庭の桜がほころび、花壇のひなげしが明るい四月の陽を浴びている。穏やかな午後であった。幼稚園から園児たちの歌声が聞こえてくる。牧師館の玄関にはオルセン先生の姿があった。

「すっかりご迷惑をかけてしまって……。ご心配をおかけしましたが、熱も引きましたし、もう大丈夫です。今夜の祈禱会ではご用をさせていただけます」

牧師は風邪で仕事を休んで今日で三日であった。見舞いがてら食事の差し入れを携え、オルセン先生は牧師宅を訪れたのである。

「どうかご無理をなさいませんように。もう一日ゆっくりお休みになってください。祈禱会の方はご心配いりません。北見先生が奨励を引き受けてくださいましたから」

「その北見先生のことですが……」

牧師が心配そうに言葉を続けた。

「このところ、どうも元気がないようにお見受けします。何か、悩みごとでも抱えておられるのではないでしょうか？」

もともと痩せぎすな城治の顔が、最近になって頬が落ち、顔色が悪く、表情も生彩を欠いている。そのことが牧師には気がかりだったのである。

「私もそう感じています」

「食事はどうしておられるのでしょう？　きちんと摂っておられるのでしょうか？」

「私がときどき差し入れをしています。ご自分では『食べています』とおっしゃっていますが、本当のところはわかりません」

「オルセン先生は北見先生とお親しいようですが」

牧師は言葉を選んでいるようであった。

「北見先生は、何か、ご自分の心の内側のようなものを話されることがありますか？」

「いいえ」

オルセン先生は首をふり、曖昧に微笑した。

「本音は話されません。弱音を吐いたり、愚痴をこぼしたり、そういうこともいちどもありません。北見先生は大人なのです」

「あの若さで……北見先生のそういうところが、わたしは実に心配なのです」

牧師の声がいつになく感情的だったので、オルセン先生は不思議に思い、相手を見つめた。牧師は視線を下に落とし、深く何かを考えているようであった。

「実は……」

言い淀んでいたが、やがて決心したように牧師は顔を上げた。

「北見先生のことで、聞いていただきたいことがあります」

牧師はオルセン先生を玄関脇の応接室に招いた。

それから二時間のあいだ、部屋のドアは閉められたままだった。

十三

幼稚園の一日が終わった。

陽の落ちた中庭では菩提樹が夕風に憩い、花壇のチューリップも花びらをすぼめている。

園内は静寂に満たされていた。

さくら組の教室に千里の姿があった。テーブルで色画用紙を桜の形に切っている。城治が後ろから、「村上先生」と声をかけると、振り向いた表情がやわらいだ。

「北見先生でしたか」

「村上先生だけまた居残りなんですか？」

「そういうわけじゃないんですけど。家族で待ち合わせてるんです。今日、父の誕生日で、みんなで食事に行くんです」

千里の向かいの椅子に城治は腰をおろした。

「ご家族は何人ですか？」

「六人。四人兄弟なんです。兄が二人、弟が一人」

「にぎやかでいいですね」

「にぎやかすぎて。男兄弟ばかりでしょう、姉か妹が欲しくて。母にスイカを食べて妹を産んでって、ずっと駄々をこねてたんですよ」

「スイカ？」

「妊婦さんのおなか、スイカを丸ごと食べて大きくなったんだって思ってたから」

城治が笑うと、千里が笑い、視線を窓の外にやった。

「文彦さん、帰ってるみたいですね」

牧師館の二階の文彦の部屋に灯がついていた。

「早いですね、こんな時刻に」

「ここのところ、いつもそうです。表門から帰ってきた時は、幼稚園に寄って下さる時があるんです。いまも先生を間違えてしまって」

「文彦さんと？」

「声が似てるんです、北見先生と」

「そんなことを言われたのは初めてです」

「でも森中さんも間違えたって。文彦さん、怒ってましたけど」

みずかの名前が出たことに城治が軽い驚きの眼を向けると、千里は微笑して、左頬にかすかなえくぼを浮かべた。

「話しやすいみたいで……私、今は森中さんとのことで、文彦さんの愚痴の聞き役みたいになってるんです」

文彦の気持ちが城治にはわかるような気がした。そばにいると心が休まる。冬の暖炉の火のように、凍えた手をかざしたくなる。千里にはそんなあたたかさがあるのだ。だから幼稚園にひとりでいるのを見かけると、いまの自分のように、つい足を向けてしまう。

「その森中さんですが……」テーブルに鋏を置いて、急に千里は生真面目な顔になった。

「礼拝に出席されてるって、本当ですか？」

「オルセン先生が勧められたようです」

「教理の学びも始められたとか」

「はい」

「文彦さん、苦しんでいるんです。文彦さんは真剣なのに、森中さんは茶化してばかりで。森中さんが教会へ来るのは、北見先生に会うためだって、文彦さんはそう思っているんです」

「それは違います。森中さんが教会へ来られるのは、心に問題を持っておられるからです。森中さんは苦しんでいるんです」

「森中さんに苦しみ？」

千里が驚いた表情で言った。

「あんな綺麗な人にですか？　強くて、賢くて、私なんかから見れば、叶わないものなんか、何一つなく思える人なのに」

色画用紙の桜を、城治は手に取った。

「人の心は外からは計れないものです」

夕間暮れの空に星が出ている。立ち上がって窓を開けると、浄らかな夜気が入ってきた。

牧師が察したとおり、城治は悩みの中に在った。

それはみずかのことであった。ときおり、ふいに何の前触れもなく、あの夜のみずかの姿が浮かんでくるのである。

――私……このままだと生きられない。

木立にまぎれてひっそりと立っていた姿。

月光を弾き、父親を殺したと告白した横顔。

まぶたの裏のスクリーンに、あの夜の姿が大写しにされる。

――私を癒やして。

声がよみがえる。

何度も繰り返し。

繰り返し。

髪の香り。

柔らかな身体の感触。

――先生なら恐くないの。

ある夜、城治は園庭のブランコに座っているみずかを見かけた。辺りには誰もいず、月の光が紗のように彼女の姿を照らしていた。

城治が近付くと、「ひざをたたくの……」と、ひとりごとのようにつぶやいた。

城治は怪訝な顔でみずかを見た。

「『私は悪くない』そう言いながら、何度も、何度も、ひざをたたくの。たたいて、たたいて、脇腹も、うでも、息ができなくなるくらい、たたいて、たたいて、自分に言い聞かせるの『私は悪くない』」

みずかの目から涙がこぼれ落ちた。

「苦しいの……先生。苦しくて、苦しくて、どうにかなりそうなの。私、このままだと生きられない。教えて、先生。先生のいうことならなんでもするわ。どんなことだって努力する。どうしたら生きられるの？　私はどうしたらいいの？」

「宣教師館に行きましょう」

城治はみずかから眼を逸らした。

「オルセン先生に相談されることをお勧めします」

こうしてみずかは礼拝に出席するようになったのである。

十四

来年の秋に迫った伝道開始五十周年の記念事業のため、教会では委員会を設け、話し合いの場をもっていた。委員は、城治と、黒崎嘉子、田中尚道、山賀宗太郎の四人で、宗太郎夫妻の好意で、月に一度の集会は山賀家で行なわれていた。仕事を定年で退いた尚道と宗太郎は時間が自由になる身だったが、嘉子が働いている関係で、会が開かれるのはいつも夜であった。

花芽をつけた紫陽花と薄紅色の姫林檎が、庭の灯籠のもとに浮かび上がっている。奥座敷の障子には、集っている者たちの姿が影絵となって映っていた。

記念事業としては、教会にゆかりの人を招いての特別な礼拝と祝賀会、記念誌の発刊が予定されていた。具体的な準備はこれからで、今夜は記念誌についてのさまざまな取り決めがなされることになっており、四人は持参したノートや資料を座卓に広げていた。

「この五十年の間に教会の任にあたられた牧師先生を年代順におき、その時代に関わった教職者名と役員名・教会員数を記して、時代時代のエピソードを入れるというのはどうでしょうか」

宗太郎の意見を皮切りに、話し合いはスムーズに進行していった。予定の九時までに、記念誌の内容のあらましと体裁、執筆依頼者の名が決まった。

会が終わると、宗太郎の妻の敏江が焼きたてのピザを盆に乗せてきた。料理上手なこの婦人の夜食は、集っている者の楽しみのひとつであった。カップを手に、なごやかな語らいの時が過ぎていった。

今宵は教会の昔話に花が咲いた。

「初代の中上牧師を知っているのは、もうわたしと元木さん、堺さんくらいでしょうね。いかにも開拓者という感じの、若い熱血漢の先生でした」

五人の中では一番信仰歴の長い尚道が言った。

「一番最初の礼拝の出席者は、中上先生と奥さんと信徒が二人の、四人だけだったと聞いています。開拓時代のご苦労は大変なものだったらしいですが、うちにおられた五年の間に、子供さんが三人与えられ、信徒も増えました。わたしが教会に導かれたのは先生がよそに移られた年でしたので、わたしは二代目の牧師先生に育てていただいたのですが、この根岸先生が、味わいのある、いわゆる人格者でした。若い時に大きな病を患っておられ、病弱でしたけれど、それだけに弱者の心がわかる思いやりの深い方で。今の藤堂牧師と通じるところがありますね。十二年間うちにおられたのですが、そのあいだに先生の人柄を慕って、たくさんの方が教会に来られ、信仰に導かれました」

「私もそのうちの一人なんです」

宗太郎のカップに紅茶のおかわりを注ぎながら、敏江が言った。

「ほんとうにお優しい先生で、信徒一人一人にこまやかな心配りをされながら、それを表に出されない方でした。そういえばこんなことがあったんですよ……」

敏江は、ある雪のクリスマス・イヴに、コートを忘れた信徒を気遣い、自分もコートなしの姿でキャロルを唱って回った根岸牧師のことを語り始めた。

敏江の話を手始めとして、歴代の聖職者にまつわるエピソードが次々と披露されていった。そのひとつひとつが出席者の胸を打つもので、ひとしきりの話が終わった後では、各々が思い思いの感慨に浸り、室内はいっとき静まった。

「一人一人の先生方の尊い祈りと働きによって、わたしたちが今日あることを忘れてはいけませんね」

宗太郎が重々しく言った。

「教会は新しい時代に入り、北見先生のような伝道師の先生もお迎えできるほどになりました。ありがたいことです」

「実は、北見先生の招聘には、わたしは反対だったのです」

尚道が照れ笑いをしながら城治に顔を向けた。

「そのときの教会の経済状態では、聖職者を増やすのは贅沢だと思いまして。年会でもはっきりそう申し上げ、わたしに賛同してくださる方も多かったのですが、藤堂牧師が、これからの教会には若い聖職者の働きがぜひとも必要だと、めずらしく強気で皆さんを説得なさって」

「たしかにあの時は冒険でしたね」

宗太郎が苦笑して頷いた。

「しかし実際、北見先生が来られてから教勢が伸び、教会が活性化しましたから、藤堂先生に先見の明があったということでしょう」

「アメリカから来られると聞いて、どんな方かしらって、みんなで楽しみにしていたんですよ。期待以上の素晴らしい先生で、私たち、とても感謝しているんです」

嘉子の言葉に、敏江も顔をほころばせた。

「お若いのに、み言葉の知識が豊富で、教えることにも長けておられて。ご誠実で、行き届いておられ……まあ、北見先生、そんな困った顔をなさらないで。ピザをもう一ついかがですか？　紅茶のおかわりは？」

一同の笑い声は庭まで響いた。

空には乙夜《いつや》の月が明るくかかっていた。

十五

初夏の風に街路樹の花がスキップをしているようにゆれている。

日曜日の朝に事故が起こった。

近くの公園で野外礼拝を終えた教会学校の教師と子供たちの群れに車が飛び込んできたのである。幼稚科と小学科と中学科の総勢三十人ほどの一行が、お喋りをしたり道端の花を摘んだりしながら花水木の下を帰ってきたところだった。

急ブレーキをかけた車が突進してきた時、一行の後ろにいた城治はとっさに傍にいた者をかばい、一緒に薙ぎ倒された。

一瞬の出来事だった。

スリップ音がつんざくように尾をひいて軋んだ。ホイールキャップがフリスビーのように舞う。横滑りしている車体。悲鳴をあげながら教師と子供たちが飛びのいていく。車は教会の裏門にのめり込み、ガラスの砕ける音とともに停まった。

何ごとかと文彦が牧師館から出てきた。

「救急車をお願いします」城治が叫んだ。

乗用車の運転者が負傷していた。この男以外は全員ほぼ無傷であった。しかし子供たちの興奮が激しく、教師の中にも運転者の血を見て泣きだす者がいた。

「大丈夫、この人は気を失っているだけです」穏やかに告げ、城治は一同を鎮まらせた。

「何も心配いりません。みなさんは教室へ戻ってください」

男は顔や腕から血を流し、ハンドルにうつぶせて動かなかった。

「止血をしたほうがいいでしょう。タオルを何枚か持ってきて下さいませんか」

城治がふたたび頼むと、文彦は牧師館に引き返していった。その頃には野次馬が集まり始め、車を遠巻きに囲んで事の成り行きを見守っていた。

やがて救急車が到着した。

「あなたも怪我をされていますよ」

救急隊員の言葉に城治は初めて気がついたように額に手を当てた。

「かすり傷です」

男を収容すると、並木道をサイレンを鳴らして救急車が遠ざかっていった。城治がハンカチで額を押さえて歩きだすと、その背中に文彦が言った。

「あなたはいつも冷静ですね」

城治は街路樹の白い花を見た。それは陽を受けとめる幼子の掌のように、天に向かって柔らかく開かれていた。

「あなたには自分を見失うということがないのですか？」

文彦は相手のこたえを待っていた。

しかし城治は会釈をして、裏門へ入っていった。


暦は八月となった。

風鈴が風に揺れ、蔓をのばした朝顔が公園のフェンスを青や紫で彩っている。道行く人たちの中には、うちわや扇子を手にしている姿が見られた。

教会学校では夏期学校が行なわれていた。午前九時から午後八時までの一日を、幼稚科と小学科の子供たちが教師や奉仕者と一緒に過ごすというプログラムだった。中高年クラスは今日から二泊三日を、藤堂牧師と四人の教師の引率のもとに山中湖にキャンプとなっていた。

その日は三十度を越す真夏日で、朝からシャワーのような蝉の声が辺りをにぎわしていた。幼稚園の教室では小学科の子供たちが教師から聖句を学んでいる。中庭にはったテントでは、幼稚科の子供たちに囲まれて、ビニールプールを膨らませているみずかがいた。長い髪をうしろに束ね、赤いTシャツにジーンズ姿。プールをつくり終え、ホースで水を注ぎ始めている。水着に着替えた待ちきれない子供がプールに入ろうとした。みずかがふざけてその子にホースを向ける。とたんに弾けるような悲鳴。水しぶきが上がり、子供たちの歓声が広がる。

夏期学校では聖書の学びや賛美歌を歌うだけではなく、広い敷地を利用した宝探しや、お絵書き、工作などのプログラムがあった。昼食には奉仕者お手製のサンドイッチを食べ、幼稚科の子供たちが昼寝をしている午後に、小学科の子供たちが夕食のカレーを作る。

暑い昼下がりに、ジャガ芋の皮をむいたり玉葱を切ったりするのは忍耐のいる仕事である。だが、子供たちが危うげな手つきで包丁やガスを使ったりするのを、手をださずに見守るという教師の役目は、それ以上に忍耐を要する仕事であった。

だが、この労苦は、昼寝から起きた幼稚科の子供たちの「おいしそう！」というひとことで、報われる。それにまさにその通り。夏期学校のカレーは、どんなレストランのカレーより、とびきりおいしいのである。

夕食が終わると、お待ちかねのキャンプファイアーだった。園庭で焚火を囲み、歌ったり、踊ったり、花火をしたりする。スイカやジュースやアイスキャンディーが用意され、笑顔の輪の中をお喋りが弾む。


「お疲れさまでした」

焚火の輪の中で城治が声をかけると、みずかは笑顔を向け、立ち上がって燃え尽きた線香花火をバケツの水の中に入れた。

「教会学校の先生って大変なのね。軽い気持ちで引き受けたけど、へとへとだわ」

「子供たちはパワーがありますからね」

「でも来てよかった。こんなに汗をかいたの久しぶりだわ。夜風が気持ちよくて」

炎がみずかの姿を茜色に染めていた。髪を結んでいたゴムを取って手首にはめる。長い髪がほどけて肩にかかり、風になびいた。

「礼拝に出席されるようになって、半年近くになりますね。説教は理解できますか?」

長い間二人は挨拶以外の言葉を交わしたことがなかった。みずかはいつも礼拝の始まる間際に来て隅の席に座り、終わるとすぐに帰っていったからである。

「理屈ではわかるわ」

頭を斜めにして髪を手で梳きながら、子供たちの線香花火にみずかは眼をやった。

「教会って特別な人が行くところだって思ってたけど、そうでもないのね。子供たちだって普通に悪さをするし……」

城治が苦笑していった。

「そうですね。皆いたずらざかりの子供たちです」

「でも、お祈りしているのを聞くと、不思議な気持ちになるの。ひとりごとだって思わないのかしらって。私にはどうしても自己満足にしか聞こえなくて……」

「祈りをそのように受けとめる人は大勢います」

城治も線香花火に視線を移した。一瞬も同じ姿をとどめることなく、それは赤い幾何学模様のように燃え続けている。

「気休めだとかおまじないだとか。でも祈りは、はっきりとした対象に向かって自分の心を注ぎだす行為です。祈りは神との会話なのです」

「北見先生もここにいる子供たちみたいに小さな時からお祈りをしてたの？」

「はい」

「施設の子供たち全部が神様を信じてた？」

「子供のうちはそうでした」

「大人になったら？」

「大人になる前に……。十代に入ると、疑問を抱き始める子供たちがでてきました」

「先生はずっと信じてた？」

「はい」

「大人になっても？」

みずかの視線が矢のように感じられ、城治は線香花火から眼を逸らした。

「信仰というのは、ただ神の存在を信じるという意味では、単純なものです。それは子供が親を信じているように、自分がその親から生まれたということを事実として認めるということにおいて、同じです。しかし、子供が親とどのように関わっていくか、親をどのように思うかというのが、子供の成長過程で起こってくる避けられない問題であるように、神をどのように信じ、受け入れるかというのは、認めることとは別の問題なのです。親は子供を愛します。しかし愛するが故に、いろいろなものを禁じたり、時には子供の願いを叶えなかったりします。子供はある場合、そのことが理解できません。人も神に対して、思う通りにならなかったり、祈りがきかれなかったりすると、見捨てられたように感じ、裏切られたという気がするのです。そういう場合は信仰の純粋性は失われてしまいます」

「先生の信仰は純粋じゃないの？」

そのとき教師の一人が城治のもとにやって来た。

「打ち上げ花火を持ってきてる子がいるんです。予定にはないんですけど、やってもいいでしょうか？」

城治はそれを自分のところへ持ってくるように頼み、その数と威力を確かめた。

「水の入ったバケツをもう一つ増やしてください。子供たちを決して花火に近づかせないように。それから、ご近所の迷惑も考えて、打ち上げる時間は八時までとします」

教師が去った後、みずかが言った。

「先生はいつも正しいのね」

城治は焚火の炎を見つめた。それは重い荷を背負わされたラバの怒りのように、闇に向かって緋色に燃え上がっていた。

炎暑の地を行く、疲れ切ったラバ――。

「先生には悩んだり迷ったりすることはないの？」

城治は何かをいいたいと思った。それが何なのかはわからなかったが、突然こみ上げてきた怒りが、放たれる先を切実に求め、膨れ上がったのである。

しかしふりかえると、みずかは打ち上げの準備をしている教師たちの姿を眺めていた。

子供たちの歓声が上がっている。

やがて、花火が打ち上げられた。

十六

暑気が去り、九月の声を聞くと、色褪せた麦藁帽子や野草に宿る露に夏がゆく気配を感じるようになった。十月に入ってすぐに秋霖《しゅうりん》が訪れ、雨上がりとともに秋がきた。

酷暑で乾いていた土が息を吹き返し、うなだれていた月見草が背をのばしている。実った稲穂に風がそよぎ、澄んだ海にはやわらかな陽が射していた。一年のうちで一番清々《すがすが》しいこの季節に、人の心もまた潤いを取り戻していくかのようであった。

檸檬《れもん》色のおはじきのような月が空を飾る夜——。

教会の戸締まりをしようと城治が月明かりの会堂に入ると、講壇の前に誰かが座り込んでいた。明かりを点けると、千里であった。

「すみません。遅くまで会堂に入り込んでしまって……」

あわてて立ち上がった千里の顔は涙で濡れていた。

「いま何時ですか？」

「十時少し前です」

「もうそんな時間なんですか」

もの問いたげな城治の表情に、千里はハンカチで涙を拭い、照れたように微笑んだ。

「悲しくて泣いていいたんじゃないんです。私って思い込みが激しくて……もし信仰をもっていなかったら、どれほどみじめで哀しい毎日を送っているかなあって考えてたら、神様に出会えたことに感謝して……」

新しい涙が頬を伝っている。

「座りませんか」

城治は促して千里を長椅子に座らせ、自分も隣に座った。

「幼稚園の帰りに、ときどきここで祈るんです。そうしたら元気になれるから……」

講壇に活けられたクチナシが甘い香りを放っていた。

うつむいたままの千里がぽつりぽつりと語り始めた。

「私って、文彦さんにいわれたから教会に行くようになったんですよね。洗礼も受けて、クリスチャンになって……。仕事だってそうです。文彦さんのそばにいたいから、ここの幼稚園に就職したんです。ほかの人みたいに『神様を求めて教会に来た』とか『子供が好きで幼稚園の先生になった』とか、そういうんじゃ全然なくて。自分でも、不純っていうか、恥ずかしいって思うんですけど、それが事実です。十五のときに出会ってから、いつも私の頭の中は文彦さんのことでいっぱい。いつだって文彦さんを中心に私の世界は回っているんです。

でも、いつまでたっても憧れの先輩。私にとって、遥かな人……。わかっているんです。どんなに親しくなったって、決してみずかさんのような存在にはなれないんだってことは——。みずかさんのことで文彦さんが悩んでいると、私まで切なくなってきてしまって……。幼稚園を辞めようって本気で考えたこともあるんです。けれど『先生』って慕ってくれる子供たちが可愛くて……。

ここに来て祈っていると、元気になれるんです。神様がどんなに素晴らしいお方か、私がどんなに神様に愛されているか、そのことを考えるとき、文彦さんを好きになったから、神様にも出会えた、そう思ったら、感謝で……。イエス様の十字架の苦しみを想えば、私のつらい気持ちなんて、小さなことだって思います。

考えたんです。この小さなつらさにも、きっと意味があるに違いないって。先のことはわからないけど、私は自分の気持から逃げないで、精いっぱい文彦さんを愛そうって。

そうでなくちゃ窒息してしまいます。心が潰れちゃうんです。神様がくださった私の心。たったひとつしかない私の大事な心を、独占欲とか、嫉妬とか、自分への憐みなんかで、壊したくない。神様の愛によって文彦さんを愛する、そのところにだけ、私の生きられる道がある。そう思うんです。

文彦さんだけじゃありません。みずかさんも。みずかさんのことも愛せるように。文彦さんにとって大切な人だから、だから私もみずかさんを愛せるようにって、そう祈っていると、ほんとうにみずかさんを大切に思えてくるんです。みずかさんの幸せを心から願うことができて、それで……嬉しくなってくるんです。

優等生だなんて思わないでくださいね。そんなんじゃ全然ないんです。私がこんなふうに願えるのも、きっと神様の力なんだって思います。祈っていると、自分の小ささなんか遥かに超えられて、すごく自由になれるんです。だから感謝で、涙が出てきて……」

そういって、ふたたび流れだした涙を、千里はハンカチで拭った。

「私……幸せなんです」

吹き抜けの会堂には冷たい夜気がたちこめているはずだった。だが城治にはそこが暖かく、溢れるばかりに光が満ち満ちているように感じられた。まるで命が息づき、萌え出でる、春の野辺にいるような——。

「遅くなってしまって……」千里が立ち上がった。「帰ります。話をきいていただいて、ありがとうございました」

「送ります」城治はポケットから車のキィを取り出した。「家は桔梗ヶ丘でしたね」

千里を見つめたその眼には、深い慈しみがこめられていた。

十七

秋が深まり、日々は平穏に過ぎていくかのように思われた。

教会の萩が咲きほこり、中庭では野紺菊《のこんぎく》が花壇を青紫に染めている。園庭の鶏頭《けいとう》は陽を浴びて赤々と燃え、裏門の銀杏《いちょう》は黄金色に光っていた。山は彩りを濃くし、空は一日一日と高くなっていく。

それが起こったのは秋の終わり。聖職者の休日である月曜日の朝だった。

城治に文彦から電話がかかってきた。

「お休みのところを申し訳ありませんが、大切なお話があります。教会の事務室にいらして下さいませんか」

冬を思わせるような寒い朝で、空にはヴェールに似た薄雲が広がり、太陽はその中で霞んでいた。

約束の時刻に行ってみると、そこには藤堂牧師もいた。城治が来ることを知らなかったらしく、戸惑ったような眼を向けた。

「役者がそろいましたね」テーブルの向こうで文彦が切り口上で口を開いた。「北見先生の教会でのお働きに敬意を表して、実はアメリカ時代の先生のことを、かねがね僕は知りたいと願っていたのです。どうしたら先生のような有能で理性的な人間になれるのかと、手本にさせてもらおうと思いましてね。失礼しました、北見先生、どうぞおかけください」

城治が牧師の隣に座ると、文彦はテーブルに書類袋を置き、先を続けた。

「さて、友人がこの秋にアメリカに留学したので、彼に頼んでようやく望みを叶えることができました。これは彼から送られてきたものです。あなたの身上調査の結果が書いてあります。中身を確かめる必要はありません。手堅い筋による確かな情報です。もっとも、北見先生ご自身はご自分が何者であるのかよくご存じなのですから、この調書はこの教会の牧師のために用意したのです」

父親に向かって微笑した。

「お父さん、北見先生がどのような人物か、教えてさしあげましょう。どうしてかお父さんはこの男に甘すぎる。僕がこれから話す事実を知れば、今までどれほどこの男を過分に扱っていたかを、いかにお父さんでも悟ることができるでしょう。

この男が孤児だということはご存じですね。生まれも素性も皆目わからない。日本人というこことになっていますが、それだって怪しいものだ。ある朝、教会の玄関に、バスケットに入れて捨てられていた。それが真相です。産着に名前が漢字で書いてあった。それで日本人『北見城治』の出来上がりというわけです。施設では比較的おとなしかったらしい。けれど幼児期から自閉気味で人を寄せ付けないところがあり、人づき合いは悪かった。

さて、友だちのいないひとりぼっちの孤独な少年――城治は、ハイスクール時代、ひとりの牧師と知り合いになる。かれはこの沢木牧師によって洗礼に導かれ、教会からサポートを受けて進学させてもらう身となった。つまり牧師に取り入り、教会を利用したわけです。ところがそれどころじゃあない。ここからが肝心なところです。この男はこの牧師のひとり娘である百合子という女性に目をつけ、婚約するまでの仲になっていたが……」

「先生が孤児というのがどうしたというのだ?」

靖章が突然言葉を放った。

「それは北見先生のせいではない」

その言葉は文彦にとって意外だったらしい。椅子にもたれ、ふてくされたように両腕を胸に組んでいった。

「相変わらずお父さんは北見先生に甘いなあ。いいですか、氏素性や生い立ちというのは、案外大切なものなんですよ。生まれがいいとか育ちが悪いとか、世間もよく言うじゃありませんか。この男はね、生まれついての孤児で、孤児根性が身体中にしみついているんです。ひがみっぽくて自意識過剰で、その上計算高いときてる。この百合子という娘との婚約だって、利害を考えた上でのことに違いありませんよ。

沢木牧師のアメリカ人の妻は、ハーディ家という資産家の娘で、駆け落ち同然に沢木牧師と一緒になったあと、許されて実家との仲が戻っていたんです。百合子は初孫に当たり、ハーディ家の人々は彼女を非常に可愛がっていました。いざ遺産相続になれば、百合子にも相当の取り分があったはずです。この男はそれを承知で娘に近づき、取り入ったんです。しかし、人生は計算通りにいくとは限らない。ある日、百合子は誤発したライフルに撃たれる。撃ったのは北見城治。報告書にそう書いてあります。『感謝祭の夜、ハーディ家の書斎で、城治が持った銃が暴発した』と。『百合子は意識不明の重体。病院で昏睡状態が二週間続いた後、死去』。

僕はこの報告書を読んで仰天してしまいましたよ。なんと、北見先生は殺人者だったんです。たとえ事故と取り扱われ、法で裁かれなかったとしても、現実にこの男の手は人を血に染め、死に至らせたのです。しかもそれを隠していた。こんな人間が聖職の座についていていいのか？　僕は悩みましたね。その結果、この報告書を教会本部に送ることに決めたんです。ただその前に、ご報告だけはしておこうと思いまして、それでおふたりをお呼び立てしたというしだいです」

部屋の空気は張り詰めていた。城治は無表情で身じろぎもせずにいる。文彦を凝視していた靖章が言った。

「文彦、わたしは非常に残念だ。これは北見先生の将来がかかっているという以前に、お前の人間としての品性が問われる、そういう問題だ。こういうことを隠れて調べあげ、それを材料に相手を窮地に落としこもうとする、そういう行為こそ、恥ずべきものだということを、わたしはお前に知ってほしいと思う」

靖章は忍耐強く、執り成すように続けた。

「それにお前は少し北見先生を誤解しているようだ。こんな上っ面な書類だけのことでは、真実というものはわからない。孤児だというのはその人にとって何の問題にもならない。仮に百歩譲って、もし非難の対象にされるというのなら、私はむしろ孤児でありながらそのハンディを乗り越え、ここまで人の信頼と好意を獲得するに至られた、先生の強靭な意志と力をこそ、称賛したいと思う。

北見先生は素晴らしい伝道師だ。そして尊敬に値するりっぱな人間だ。少なくともわたしはそう思っている。百合子さんという人のことにしても、大変不幸な出来ごとだとは思うが、それは北見先生のせいではない。先生はお前の言うような殺人者ではない。それどころか、そのことを通してどれほどの苦しみの中を先生が通られたかを想像すると、そのきびしさの前には、わたしは言葉もない。

つけ加えておくが、過去にどんな罪を犯したからといって、それが法において清算されているならば、その人間が聖職の座を追放されるなどということは、この教会においては、絶対にない。まして北見先生の場合は事故だ。招聘時の書面にそれが記されていなかったとしても、それはなんら非難に当たるべきものではない」

靖章の口調には有無を言わさぬ強いものがあった。文彦は押し黙り、釣り上がった眼でテーブルの一点を見据えていた。

「いい機会だから、お前に伝えておきたいことがある」

この部屋は入ってきた時から文彦の独擅場だった。ずっと主導権を握っていたのは彼だった。それなのに途中で主人公が変わるなんて、誰に予想ができただろう。

「北見先生はお前の兄だ。お前たちは兄弟だ。先生はわたしの実の息子なのだ」

城治は自分が何を聞いたのかわからなかった。それは文彦も同じらしかった。二人は惚けたような眼で互いを見つめた。

「イギリスに留学していた時、わたしは日本人の女性と一緒に暮らしていた。先生はその時のわたしの……」

いきなり文彦が立ち上がると、その反動で椅子が倒れた。

「俺は信じない」

文彦の顔は蒼白になっていた。

「そんなことは、嘘だ」

突然テーブルを激しく叩くと、吐き出すように叫んだ。

「嘘だ！」

「文彦！」

「うそだー！」

父親に向かって大声で怒鳴ると、文彦は駈けて部屋を出て行った。

十八

靖章は立ち上がってドアを閉め、倒れた椅子を元に戻した。

席に戻ると、「城治」と息子に呼びかけた。ずっとそういいたかった。ついにいまその時がきたのだと思うと、平静を保つことができなくなり、膝の拳を堅く握りしめた。

「どうかわたしを許して欲しい。この一年半の間、お前と間近にいながら、どうしても打ち明けることができなかった。わたしは、恐ろしかったのだ。孤児として育てられたお前が、自分の両親にどんな感情を抱いているか、まるでわからず、想像することさえ恐ろしかった。でもこれだけは言っておきたい。お前は望まれて生まれてきた子供なのだ。お前の母親とわたしは、お前の誕生を心待ちにしていた。だが……」

その時を思い出すのか、つらそうに言葉を詰まらせ、視線をテーブルに落とした。

「わたしたちの仲は、わたしの親に認められなかったのだ。イギリスに来たわたしの親は、わたしの留守中に澄子に会った――澄子というのがお前の母親の名だ。いったい何と言って、どんな方法で澄子を説得したのか……。帰ってみると、澄子は家を出た後だった。

わたしは澄子を捜すことも許されず、無理やり日本に連れ戻された。わたしの親は、澄子の行く先は知らないと言い張った。子供は始末させたとも言った。わたしは絶望し、自暴自棄におちいった。キリスト教に入信したのは、親にたいする腹いせもあったが、そればかりではなく、亡くした子供に対する贖罪の気持ちもあったのだ。

正月にも話したように、数年前、両親が相次いで亡くなった。わたしの勘当は解かれ、いささかの遺産も送られてきた。わたしはその金で澄子の行方を調べ始めた。古い話でもあり、簡単ではなかったが、わたしと別れた後、身重の身体でアメリカに渡ったというところまでわかった。身重と聞いて、わたしはいてもたってもいられない気持ちになった。幸い、あちらに懇意にしている牧師がいた。わたしはその人に頼み込み、たくさんの人の力を借りて、時間はかかったがついに澄子の居所をつきとめた。けれどそれは共同墓地の墓の中だったよ。

しかしわたしは望みを失わなかった。捜索の段階で、澄子が男子を出産していたことがわかったからだ。澄子の死後、その子はルームメイトの黒人女性が引き取ったというところまで判明した。わたしはオレゴンに飛んだ。

その女性に直接会って、話を聞いたよ。澄子とは同じ工場で働いていたらしい。貧しい無学な人だった。その当時は、まだ年端のいかない少女で、澄子は死に、生まれたばかりの赤ん坊を残されて、その人はどうしていいのかわからなかったのだ。教会だったらお前の世話をしてくれると思ったそうだ。だからそこにお前を置き去りにしたけれど、ずっと忘れられなくて、お前のために祈っていたと言っていた。『北見城治』という名前も覚えていたよ。澄子の姓は北見という、城治というのはわたしがつけた名だ。男の子だったらその名にしようと、澄子に話したことがあるのだ。教会へ行き、預けられた施設を訪れ、そして最後に沢木牧師のところまで、わたしは辿り着いた。沢木先生から百合子さんの事故のことも聞いた。お前は弁護士の道を断念し、献身して神学校へいっているとのことだった。わたしはそこに出向き、学院長に事情を打ち明け、帰国してからもお前の様子は逐一報せてもらった。卒業後、日本で研修を積む希望を持っていると知った時は、嬉しかった。わたしはお前をこの教会に迎えた。だが文彦は……。

文彦のことを、どうか許してやって欲しい。昔は素直でやんちゃな子だった。片親だから、牧師の子だからと、人に後ろ指をさされないように、少しきびしく育ててしまったのかもしれない。母親を早くに亡くして、寂しい思いをしていただろうに。可哀相なことをしたと思っている。しかし、お前が通ってきた道とは比べものにならない。知らなかったこととはいえ、結果的にわたしはお前を孤児にし、きびしい人生を歩ませてしまった。これがわたしの話のすべてだ。わたしを、許して欲しい」

城治が文彦のように、立ち上がったり、怒鳴ったり、この部屋を出ていったりしなかったのは、彼の意思とは関係なく、長年に渡ってつちかってきた、感情を表に現さないという訓練のなせる業だった。幸か不幸かそれがいままでは、城治の天性のようになっていた。

「藤堂先生、真実をお話しくださり、ありがとうございました。正直に言って、何をどう考えたらいいのか、突然のことで自分でもよくわかりません。時間をください。ひとりになっていろいろなことを、初めからゆっくり考えてみたいと思います」

靖章が無言で頷いた。すべてを明かして気持ちがゆるんだのだろう、その目にはうっすらと光るものがあった。

「初めて会った時、一目でお前だとわかったよ。お前は、澄子によく似ている」

会釈をし、城治は部屋を出ていった。


そして、嵐は翌日訪れた。


火曜日の午後――。幼稚園では聖書の学び会が行なわれていた。いつもはオルセン先生の担当なのだが、藤堂牧師と教会本部に出かける用があったので、今日は城治が担当していた。

そのとき幼稚園には六人の教諭と園児たちがいた。会が行なわれていたのは奥の集会室で、集まっていたのは十人ほどの母親だった。

「北見先生！」突然、園内に大声が響いた。「北見先生！　北見先生！」

男が怒鳴っている。どこか異常さを帯びたその声は、繰り返しながら近づいてきた。同時に、教師や園児たちのすさまじい悲鳴が聞こえてきた。城治は席を立とうとした。そのときドアがひらいて、男が姿を現わした。最初は文彦だとわからなかった。上半身血まみれで、肩で大きく息をしている。母親たちの全員が総立ちになった。

城治を見ると、文彦が放心したようにつぶやいた。

「みずかが……怪我をした」

「どんな怪我です？」

「自分で自分を刺した。死んで……いるかもしれない」

「どこにいるんです？」

「牧師館の……僕の……部屋に……」

次の瞬間、城治は駈け出していた。


園内にはどよめきが起こっていた。

廊下で出会った千里に、「牧師館に救急車を！」と叫ぶ。園庭に飛び出すと、乱舞するようなピアノの音が頭の中に躍り出てきた。まるで空から音楽が降ってきたかのようだった。唸るつむじ風。死者の踊り。嵐のような旋律。月光の三楽章だ。

どうして放っておいたんだ！

心の中で城治は叫んでいた。

どうして逃げたんだ！

牧師館の玄関は開けられたままだった。靴のまま駈けあがり、二階の文彦の部屋に飛び込んだ。

まるで真っ赤な花びらがむしり取られ、何百枚も何千枚も飛び散っているかのようなおびただしい鮮血の中に、みずかがいた。

十九

手術室の前には四人の人間がいた。城治とみずかの母親、文彦と千里だ。服を着替え、顔や手も洗ったが、ショック状態から抜け出せない文彦は、興奮して喋っていた。

「僕が誘ったんだ、北見先生の秘密を聞かせてやると言って。親父は委員会で明日まで帰ってこない。玄関には鍵をかけておいた。うまくいくと思ったんだ。みずかは僕を嫌っちゃいない。いやな男の部屋に一人で来る女なんていやしない。それなのにいざとなると、ものすごい抵抗ぶりだった。僕は力ずくでみずかを押さえた。するとみずかは、そばにあったペーパーナイフを手にした。僕は……自分が刺されるのかと思った。でもそうじゃなかった。血が飛んで、噴水みたいに、みずかの胸は真っ赤で……間違いだ、刺されるべきは、僕の方だったんだ。それなのにあいつは、『ごめんなさい』って言って……」

千里にすがるような眼を向けた。

「みずかはどうなるんだろう？　教えてくれ。みずかは助かるだろうか？」

「大丈夫です。きっと神様が助けて下さいます」

「でも……」

文彦は泣きだしてしまった。

「母さんは、助からなかった。僕は、一生懸命お祈りしたんだ。でも母さんは……死んでしまった」

千里の目が深い翳りを帯びた。だがすぐにそれは暖かな光を取り戻し、文彦に向かって母親のように優しく語りかけた。

「さあ、あの長椅子に座って、二人でお祈りをしましょう。神様はこんどはきっと文彦さんのお祈りをきいて下さいます」

手術室のドアが開いた。

若い看護師が四人に向かって言った。

「出血がひどくて、血液が心配です。どなたか採血できる方がおられましたら、ご協力をお願いしたいのですが」

血液型を聞いて、城治が言った。

「わたしが同じ型です。わたしの血を使って下さい」


牧師館で起こったこの出来事は、刑事事件としては扱われなかったが、周囲ではひとしきりの話題となった。

文彦の憔悴ぶりは傍目にも明らかだった。最初は外に一歩も出なかったが、通学を始めてからも、帰宅後は家にこもり、人前に姿を見せなかった。現場となった部屋にいるのがつらいらしく、家にいても廊下で落ち着かない素振りで過ごしている。放課後の幼稚園で千里と過ごすひとときが唯一の救いであるようだった。

藤堂牧師も衝撃を受けていた。城治が息子であると打ち明けた翌日に事件が起こったという事実に、特に打ちのめされていた。自分の短慮と我が子に対する無知を恥じ、父親の監督不行き届きとして、教会に辞意を表明した。しかしこれについては、長老会で協議がなされた結果、受理されなかった。

オルセン先生も大きなショックを受けていた。城治からみずかを託され、導き手として関わってきたつもりでいたのが、何の助けにもなっていなかったことが判明したのである。

また、このことで、オルセン先生はみずかの母親と初めて会ったのだが、自分と同世代のこの女性が、あまりに内面が幼いことに驚かされた。病室に泊まり込んでかいがいしく娘の世話をしているのだが、その様子は、たとえば、お気に入りの玩具を与えられた幼児の無邪気な喜びを感じさせるもので、生死にかかわる重傷を、それも自らの手で負わねばならなかった娘の苦悩を、この母親が理解しているようには見えなかった。

自責の念と、母親に代わる使命感。この二つがオルセン先生を、毎日の病室訪問へと駆り立てていた。

それは城治も同じであった。この一件については、責任のすべては自分にある、と、城治は悔恨の念にさいなまれていたのである。

自分は知っていたのだ、文彦の気持ちも、みずかの問題も。

それなのに……。

城治はみずかを助けたいと心から願っていた。

しかし、どうすればいいのか……。

その術がわからなかった。

二十

櫟《くぬぎ》や桜の芽が堅いうろこで覆われ、冬の使者である真鴨やツグミの姿が見られるようになった。枯草や落葉の下には土イナゴや並テントウムシが隠れ、殿様バッタや大カマキリは卵で、カブト虫は幼虫、イラガは繭、アゲハ蝶はサナギで冬越しの体勢に入っている。

本格的な冬が到来した。

悪血を抜く脇腹の管がとれ、点滴が朝夕の二度に減ると、みずかは目に見えて回復していった。手洗いにたてるようになってからは、食も進んだ。入院以来泊まり込んでいた母親は、この頃では日にいちど一時間ばかりを付き添うだけになっていた。

この冬初めての雪が降った日——。

母親が帰った後、みずかはベッドで一人窓の外を眺めていた。

ノックの音に返事をすると、文彦が入ってきた。

みずかは思わず身構えた。あの事件以来会っていない。瘦《こ》けた頰、とがった顎。しばらく見ないうちに面差しが変わっている。

文彦はまっすぐにみずかのもとに来ると、鞄からハンカチに包んだペーパーナイフを取り出した。

「今度はこれで僕を刺せ」

二人の視線が絡み合う。文彦の眼の中にみずかは深い苦悩を読み取った。

「すまなかった……」

みずかの胸に衝撃が走った。

ああ、文彦も苦しんでいたのだ。

「あなたのせいじゃないわ。わたしはずっと、死にたいと思っていたの」

「なぜ？」

「パパに、レイプされたから」

凍りついたように自分を凝視している文彦から、みずかは眼を逸らせた。

「こんなことが許されるはずがない。そう思ったわ。私、まだ高校生だった。理不尽で、パパが憎くて、生まれてきたことを呪ったわ。パパが死んだあとでは、なかったことにしようとしたの。ママは知らない。誰も知らない。でも、できなかった。苦しくて、苦しくて、心がズタズタで、一人でいるとどうにかなりそうだった。一日一日が長くて。何でもよかったの、気をまぎらわせてくれるものなら」

みずかは自分がそれを話せたことに驚いていた。相手が文彦であることが、意外だった。

「ごめんなさい」涙が溢れてきた。「あなたを愛せなくて……」

文彦は窓辺に行き、外を見た。

雪がやみ、明るさを取り戻した空には黄昏が迫っていた。

刻々と色が変化している。

水色から灰色。薄紫。すみれ色に。

まるで幾重もの衣が宙に舞い、空一面に拡がっているかのようだ。

「北見先生は知っているのか?」

みずかが答えないので、文彦はそうと察したようだった。

「先生を愛しているのか?」

「愛なんて言葉を軽々しく口にしないで。私は誰も愛せないわ」

「あの日……部屋に誘ったとき、北見先生の秘密を聞かせてやるといったろう。先生は僕の親父の息子だったんだ。親父が若かった頃の留学先での恋人との子。先生から聞いてない?」

言葉の意味が呑み込めず、みずかは茫然と文彦を見ていた。

「ショックだったよ。親父にそんな秘密があったなんて。二年近くも何も知らないで同じ敷地内で暮らしてたんだ。僕は北見先生を嫌ってた。隙がなくて、欠点がなくて、できすぎてる人間。でも、よくよく考えてみれば、そんな人間なんているはずがないんだ。先生は孤児だった。親父がそうしたかったわけじゃないけど。不運が重なって、そういう生い立ちになってしまった。今になってわかるんだ。先生がどんなに独りぼっちだったか。どんなに自分を取り繕って生きてきたかって」

「北見先生が藤堂先生の息子？」

みずかは頭の整理がすぐにはつかなかった。

「じゃあ、北見先生と文彦は異母兄弟で、文彦は先生の弟なの？」

「そういうことになるらしい」

「……信じられないわ」

「僕だっていまだに本当のこととは思えないでいるよ。親父から打ち明けられるまで、北見先生も知らなかったんだ。でも次の日に今度のことが起こって、親父も僕もそれどころじゃあなくなってしまったんだけどね。だけど北見先生だって、今さら親父を『お父さん』なんて呼べるわけがないし、僕だって『お兄さん』なんていえない。表面上は何も変わらないさ」

みずかは黙りこんでしまった。考えなければならないことが、たくさんあるような気がした。

「先生のことがずいぶん気になるみたいだね」

「どういう意味？」

「遠慮することはないさ。素直になって、先生を愛してるって認めろよ」

「さっきも言ったでしょう。私は誰も愛せないって」

「自分でそう思いたいだけさ。トラウマを負った人間。私は傷ついています。私は誰も愛せない可哀想な女なんです」

「文彦に私の気持ちなんてわからないわ」

「ああ、そうさ。わからないさ」

文彦はふり返り、窓を背にして立った。

「だけど、ずっとそうやって生きていくつもりなのか？　自分の気持ちに正直になれよ。北見先生を救えるのはみずかしかいないんだ。僕にはわかる。先生はみずかを愛しているんだよ」


文彦が言った言葉の意味を、みずかは考え続けていた。

やがて季節はクリスマスを迎えた。

みずかが思い悩んでいる間にも、オルセン先生と城治は、どちらかが必ず日に一度は病室に姿を見せた。

オルセン先生の場合、時間の許すかぎりは留まり、編み物を教えてくれた。北欧の編みこみ模様で、マフラーから始めて、いまではみずかはセーターに挑戦する腕になっていた。

城治は長居をしなかった。容体を尋ね、その日の天気の話などし、祈って、帰っていく。

ある日、編み物をしながらみずかは思い切って尋ねてみた。

「先生は前に私を間違えたわね。『百合子』って。その人はだれなの?」

答えが返ってくるのに、少し間があった。

「わたしの婚約者でした」

編み棒を動かすみずかの手が止まった。

「婚約してたの」

「昔のことです」

「学生時代?」

「はい」

気を取り直すようにして、みずかは編み物に戻った。

「どこで知り合ったの?」

「アメリカの日本人教会で。お世話になった牧師の娘さんでした」

「その人と私、どこが似てるの？」

城治はみずかから眼を逸らした。

「顔立ちが……。でも受ける印象はずいぶん違います」

「その人は名前通りの清楚で上品な百合の花かしら？　かたや私は、礼儀知らずで刺だらけの、アロエの葉？」

「アロエは人の役にたつ万能薬です」

「じゃあ、先生の心の傷も癒やせるかしら。婚約解消した理由は何？」

「百合子が亡くなったからです」

そのときノックの音がして、ドアが開いた。

「北見先生、いらしてたんですか」

みずかの母親であった。

コートを手に、城治が立ち上がった。

「ちょうどおいとましようとしていたところです」

会釈すると、城治は病室を出ていった。

二十一

大晦日を明日に控えた粉雪の舞う午後――。

園庭を一人行く城治の姿があった。純白の絨毯を敷き詰めたような園庭に足跡が続いている。彼は牧師館を目指していた。

来訪の報せは靖章にとって、親子であると打ち明けたあの日より、待ち望んでいたことであった。騒ぐ心を祈りで鎮めながら、奥の部屋を暖め、茶菓子を用意して待っていた。

玄関で城治と靖章は礼儀正しく挨拶を交わした。

奥の部屋でこたつに向き合うと、緊張気味の表情でおもむろに城治が口を開いた。

「あれからいろいろ考えました。結論から申し上げると、休暇をいただいてしばらくアメリカに帰ろうと決めました。来年の伝道五十周年の記念事業を終えてからとも思いましたが、それでは遅すぎます。できれば春にと願っています」

「それは、親子であると打ち明けたからですか？」

「そうではありません」

靖章に向けられた城治の視線はきびしかった。その眼の中に靖章は、並々ならぬ覚悟のようなものを感じ取った。

「ご存じのように、キリスト教主義の施設で、わたしは神を信じるのを当然なこととして育てられました。成長するに従って、思春期の多感な時期に息苦しさや反発を覚え、信仰から離れていく者もいましたが、わたしは幸いそういう年ごろに沢木先生と知り合い、先生には大変目をかけていただき、家族ぐるみ、教会ぐるみでよくしていただきました。一家はキリストにある愛にあふれた、素晴らしい家族でした。わたしは彼らを見て、彼らのような家庭をつくりたいと、願うようになっていました。しかし、あの事故が、起きてしまったのです」

靖章はじっと話に聞き入っている。城治は視線をこたつの一点に集中し、しばし口をつぐんだ。

「百合子の意識がない二週間の間、わたしたちは奇跡を祈っていました。沢木先生一家も、教会も、ハーディ家の人々も、わたしも。それ以外に、百合子を知っている大勢の人たち。またこの出来ごとを知った心ある人たち、何百人、何千人、それ以上の人たちが、百合子の目覚めを神に求め、奇跡を祈り続けたのです。

しかし百合子は目覚めませんでした。連鎖祈禱、断食祈禱、食べることも眠ることも忘れて、わたしたちはできることをすべてしました。しかし、恐れていた時はやってきたのです。百合子の死。わたしはあの時のことを、忘れることができません。わたしは百合子の死を、どうしても受け入れることができなかったのです。

沢木先生一家やハーディ家の人々は立派でした。このようなことが起こっても、神の愛を疑うことなく、悲しみの中にはありましたが、百合子との再会を信じて、天国への希望をいよいよ堅く抱いていました。わたしを非難することも決してなく、それどころかわたしの将来を心配して、先々のことを気遣ってくださいました。

わたしは聖職者になる気はありませんでした。ふさわしくないと思っていましたし、資格がないとも感じていました。けれど、百合子を死なせてしまったことに対する贖罪という思いが強くあり、周囲の勧めもあって、そういう方向に導かれていったのです。

沢木先生一家も教会の方々もわたしの献身を喜んでくださいました。祝福してわたしを神学校に送り出してくださいました。けれど先生のもとを離れてみて初めて、わたしは大切な何かを失っていることに、ようやく気づいたのです。人はあまりに深い傷を受けると、しばらくその痛みを自覚しない場合があるそうです。汽車同士ですれ違いざま、窓から手をだしていた人が、帰って服を脱いだ途端、腕が床に落ちたという話を聞いたことがあります。信じられないような話ですが、実話だということです。わたしも、あるいはそのようだったのかもしれません。時が経ち、場所も移って初めて、自分の心の真実の状態が見えてきました。わたしは生きる意味を失ってしまっていたのです。

しかしわたしは、敢えて自分を奮い立たせ、学びと訓練に励みました。心が空っぽだったので、それができたのかもしれません。目標がなかったら、おそらく耐えられなかったと思います。わたしはその頃、アメリカを離れたいと思い、日本で暮らしたいと願うようになっていました。切実な願いというのではありません。何もかもが本当はどうでもよかったのです。わたしの心は死んだようであり、心の底では死を願っていました。そうしなかったのは、沢木先生たちを悲しませたくなかった――それだけのことでした。そのためにわたしは自分をも欺き、聖職者になることと、日本に行くことを当面の目標として自分に強い、自らを鼓舞したのです。

こうしてわたしは神学校を卒業し、日本に職を得ました。初めて先生と呼ばれる身となり、教会の働き人に加えられました。アメリカと日本ではいろいろなことがずいぶん違っていました。けれど向こうで多くの日本人と接していましたし、その家庭にもよく招かれていましたから、違和感はさほどなく、まもなく慣れました。しかし、生きる意味を失ってしまった自分には、わたしは、いつまでも慣れることができなかったのです。

あるいは日本に行きさえすれば、聖職者として働きだしさえすれば、と、心のどこかで期待をしていたのかもしれません。しかしわたしは、いつまでたっても自分は変わらないのだということを、知ってしまったのです。何年もの間、繕い、無理をし、嘘をついてきました。わたしは、もう自分が何者であるのか、わからなくなってしまいました。わたしは、疲れてしまったのです」

すべてを語り終え、城治は力尽きたように、目を閉じた。

靖章が口を開いた。

「わたしは、もしやそうではないかと感じていました。時々先生はひどく疲れているように見えましたし、先生の言動には、どこか不自然なもの、無理なものが感じられることがありましたから。けれど同時に、先生がどれほど神のご用のために用いられ、どれほど神を喜ばせている存在であるかということも、知っていました。先生の語る言葉で、人々は喜びに満たされていきました。うなだれていた者がやる気を起こし、つまずいていた者が立ち上がる。先生の祈りは、たくさんの人々に慰めを与えました。わたしは北見先生に慰められたことで、人生を先に進ませる勇気を持てた人たちを、たくさん知っています。理屈や小手先で、人は人を変えることはできません。その人間の持っている真実のみが、真に相手を動かし、ゆさぶりをかけ、変えていくのです。先生がどういうつもりでも、たとえそれがたてまえで、よし演技だったとしても、先生という人間から発せられる何か、それが、人を惹きつけ、先生から離れ難くし、その人間を変えていった。それは事実です。

　生まれてすぐに孤児となり、ようやく愛する人々と出会ってからもなお、苦渋の道を歩かねばならなかった先生のこれまでの半生。生まれてから今までの先生の心の痛みとはいかばかりだろうかと、考えるだに、わたしにはむごく、恐ろしい気がします。しかしそのような先生だからこそ、傷む人たちは先生のもとにやってきたのです。先生の態度や言葉や行ないではありません。先生自身に、先生そのものに、人々は引き寄せられたのです。先生はその人たちに神の愛を語りました。人々はそれを信じ、希望を見いだし、救われました。先生は多くの人を、神のもとにお連れすることができました。これが神の『みわざ』でなくて、何でしょうか。神は先生を大いにお用いになった。先生の通ってきた苦しみは、報われたのです」

「たとえそれが神のあらかじめの計画だったとしても、わたしは苦しみたくはなかったとしたら？　人を神のもとに導くことなんかより、平凡に生まれ、平凡に育ち、人の痛みなどわからない普通の人間でいたかった、と、わたしが願っていたとしたら？」城治は、声がふるえているのが自分でもわかった。「もしかしたら、わたしは、心から、そう願っていたのかもしれません」

　靖章は張り詰めた表情で城治を見た。

「神の『み心』というのは、我々人間にとって実に計り知れないものです。神は先生を愛しておられる。わたしは自分自身の信仰によって、ずっとそう信じてきました。もちろんそれはいまでも変わりません。けれど父親として、先生の過去を思いめぐらせ、先生のこれまで通ってきた道程を振り返るのは、つらいことです。できるものならば、苦しませたくなかった。普通の親子のように、ひとつ屋根の下に暮らし、親子兄弟の情を分かち合って、人並みな幸せを味わわせてやりたかった。

しかし、おそらく先生は選ばれし者だったのです。先生は中絶されるはずの子でした。わたしの親はそれを強行し、先生は闇に葬られるはずだった。あるいはもうそうされたと、信じられていました。それなのに先生はこの世に生を受けた。先生の母親のおかげです。澄子は自分の命と引き替えに、先生をこの地上に産み出してくれたのです。誕生と同時に、先生は孤児となった。けれど神はそこにおられた。先生を愛し、先生を見守り、苦しみのなかを潜る先生を、見つめておられた。神は何でもできるのです。先生を助けることも、つらい思いをさせずにすませることも、初めから苦しみにあわなくさせることも。しかし神は何も先生に手出しをなさらなかった。いつもただじっと、先生を見ていてくださった。なぜなら神は計画を持っておられたから。おそらくそれは今にいたっても、我々には秘されていることですが――神は意志を持って、先生を助けられなかったのです。

先生にとって百合子さんがどれほどの存在であったか、だからこそあの事故が、どれほどの打撃であったか、それは神こそが一番よく知っておられたことでしょう。

わたしは時々考えるのです。神でなくして誰が先生にこんなことができただろうか、と。中途半端な人間の愛、不完全な親の愛では、とうてい我が子をここまで追いこむことはできなかっただろう、と。

人間はたやすく、すぐに助けてしまうものです。いとも簡単に、人は人に、手を差し伸べます。むろんそれは大切であり、美しいことでさえあります。だが、優しさや情だけが、人が人を助ける時の動機ではありません。時に人は耐えられなくて、忍耐が足りなくて、助けるのです。相手が苦しむことが、見ていられなくなる。まだそのときがきていないのに、いま助けてはそれまで苦しんだ意味が水泡に帰してしまうのに、人は見るに見兼ねて、ついに助けてしまう。

神はそうではありません。神は我々を遥かにこえて、強靭な意志を持った方です。神はそうしようと思った人間には、最後までやり遂げられる。しかもその動機は、その人間に使命を託しておられるからなのです。北見先生、あなたは神の選びの器です。この苦しみに耐えることができると神が見そなわし、またあなたが苦しむときに、ともにそのことに神が耐えてくださった存在なのです。あなたは神に愛されています。わたしはあなたのような息子を持っていることを、神のみまえに、誇りに思います」

城治は黙していた。彼には靖章が語ったことが自分にうけいれられるとは、とうてい思えなかった。そうなるにしてはあまりに苦しい年月を、ただ一人で耐えてきた。

しかしこの長い言葉のどこかしらに、彼の胸を打つものがあった。それは言葉というより、それを語った時の相手の表情、あるいは心に染み入るような、眼だったのかもしれない。それが城治のなかで眠っていた何かを目覚めさせ、心を相手に向かわせた。

「お父さん」城治は初めて彼をそう呼んだ。「わたしは、あなたに会えて、よかったと思っています」

靖章がぐっと喉を詰まらせ、泣くまいとして、ぎゅっと目を閉じ、強く唇を噛んだ。初めて見るその仕草は、思いがけず彼を少年のように見せ、城治は急に自分を、彼の父親であるかのように感じた。

それは初めて覚える感情だった。いとおしさとなつかしさがこみあげてくる。潮のように――。

靖章が震える手を差し出した。

城治はその手を両手で握りしめた。

二十二

年が明けて、みずかが退院した。

城治の一年間の休暇願いは長老会で認められ、教会本部でも受理されて、一月末の年会で公にされ、二月第一週の週報の報告欄に記されることが決まった。ことが公になる前に、みずかにだけは知らせておかねばならないと考えたオルセン先生は、年会の前日の土曜日に森中家を訪ねた。

教会から徒歩で十分の坂並交差点に着き、「ライト」というベーカリーレストランの横道を入る。二十メートルほど行って最初の角を左折すると、意匠を凝らした八軒の家が立ち並ぶ中でもひときわユニークな、ニューメキシコの町並をヒントに設計したというサンタフェスタイルの建物――みずかの家――が見えてきた。

話を聞いたみずかは、衝撃で声も出ないようだった。

しかし、強いて気を取り直したらしく、しばらくして笑顔を作って言った。

「休暇が終わればまたここに帰って来られるのでしょう？」

「それについては、未定だそうです」

「自分で決められないの？」

「この度の休暇は本部の決定ではなく、北見先生が希望されたことなんです。先生ご自身が先のことは未定だとおっしゃったのです」

堅く唇を結んだみずかの横顔には、ありありとした苦悩の色があらわれていた。

「私も最近聞いたばかりで、大変残念に思っています。けれど先生にも弱さはあるんです。今までよくつとめてこられましたが、機械ではありませんから、北見先生にだって休みは必要なんです」

「いっそ機械ならよかったのに」

吐き捨てるようにみずかがいった。その瞳の中にオルセン先生は、燃えるような怒りを見た。

みずかの反応はオルセン先生にあることを決断させた。その日からオルセン先生は、その決断の実現のために特別な祈りを捧げ始めた。

二十三

晴天が続いたため、園庭の雪が解けた。ふさふさとした毛で覆われた木蓮やこぶしの芽に陽が当たり、シジュウカラやヒヨドリが園舎の横に据えられた餌台のパンくずをついばんでいる。

宣教師館は周りを低い柵で囲まれていて、庭と呼べるようなものはなかったが、オルセン先生がポーチやベランダにプランターを置いて四季折々の花を育てていたため、いつも何かしら咲いていた。少し前までは、フリージアにスノードロップ、内気な少女のようにうつむきかげんに咲くピンクのクリスマスローズの姿があったが、クロッカスが春を告げる今の時季には、キンセンカが新しい蕾《つぼみ》を次々とふくらませ、アネモネが陽を浴び、ラナンキュラスが花開いていた。

屋内にも至る所に花は見られた。玄関の赤いヤブ椿。電話の横のコップ挿しのマーガレット。食卓テーブルには水栽培のヒアシンスが王宮の貴族さながらに背をまっすぐにして立ち、切り花の沈丁花が甘い香りを放っている。応接室の出窓には、小鉢のセントポーリアがバレリーナのチュチュのような可憐な花を咲かせていた。

花好きというばかりでなく、料理上手で編み物が得意なオルセン先生は、主婦になるのに相応しい女性であった。彼女が宣教師となると知って、故郷の人々は不思議そうに顔を見合わせたものである。

「どうして彼女が？　素晴らしい家庭を築ける人なのに」

今までオルセン先生は、誰にもその理由を話したことがなかった。それは彼女にとって永遠に口にするつもりのない秘密だったからである。

しかし、いま彼女は、それを明かそうとしていた。


みずかが宣教師館を訪れたのは三月の第一週であった。

玄関に菜の花と桃が活けられ、その隣に小さな雛人形が飾られていた。教理の学びのために、みずかはこれまでもたびたび宣教師館を訪れたことがあったが、今宵は夕食に招かれたのである。

キッチンの続きにある食堂は、食卓セットとチェストがあるだけの質素な小部屋だった。でも壁紙は綺麗な水色で、カーテンは清潔なレース、磨きこんだ床は光を放っている。テーブルには切り花のニオイスミレが薫り、キャンドルに火がともっていた。

夕食のメニューは、ボイルしたジャガ芋にレモン蒸しのサーモン、フルーツサラダと南瓜のスープ、手焼きの黒パンだった。シンプルで品のいい器にセンスよく盛りつけされている。まるで一流のシェフの手によるもののように、どれもが美味しかった。初めて食べた山羊のチーズには独特の癖があったが、濃厚な味わいが特にみずかの気に入った。

今までみずかは、オルセン先生に特別な感謝を覚えるということはなかった。先生が親切なのは――城治と同じく――宣教師という役割がそうさせているのであり、自分だけが特別の扱いを受けているのではない、と、思っていたからである。

しかしたとえそうであったとしても、特別な感謝を覚えるべきであった。と、みずかはいま反省をした。思い返してみればこの一年間、オルセン先生にはずいぶんよくしてもらったのだ。

特に入院中はひとかたならぬ世話になった。毎日見舞ってもらい、術後まもないときなどは――オルセン先生自身からの申し出だったとはいえ――看病にかかりきりの母親の代わりに、買物や洗濯までしてもらった。

編み物を習い始めてからは、話し相手にもなってもらった。日常のたわいないことを話すだけだったが、気晴らしになったし、先生がそばにいると、何となくみずかはホッとすることができた。

キャンドルの向こうに、見慣れた異国の顔がほほ笑んでいる。

青い眼。化粧気のない顔。ろうそくの火が砂色の髪を月光のように輝かせていた。

この人には悪意というものがないのかしら？

オルセン先生を改めて目の前にしながら、みずかは不思議な思いにとらわれていた。

声を荒げたり、不機嫌になったり、まるでそんなことは生まれてから一度もないかのようだ。眼差しも、声も、皺のひとつひとつさえ、この人は穏やかで、やさしい。

みずかはすっかり満足して、食後のコーヒーを飲んでいた。

「オルセン先生って料理が上手なんですね。食卓のコーディネートもプロ級。宣教師になる前は料理学校にでも行ってたんですか？」

オルセン先生が笑って答えた。

「母が病弱だったので、小さな時から見よう見真似で作っていただけです。料理学校なんかいったことはないんですよ」

「お母さんはノルウェーに？　今もお元気で？」

「ずっと前に亡くなりました。父が故郷の島で一人で暮らしています。もう年なので、だいぶ弱ってきているようですが」

オルセン先生は一人っ子だと聞いていたので、それならば年老いた父親のことが心配だろうと、同情をこめてみずかは尋ねた。

「じゃあ先生も、いつかは故郷に帰られるんですね」

「父に何かあった場合は親戚に頼んであります。ノルウェーを出てから私は、休暇をいただいても一度も故郷の島に帰っていません。これからも帰るつもりはないんです」

オルセン先生にしては珍しい、動かしがたい意志の感じられる、確固たる口調であった。

みずかが訝しげに見ると、思い詰めたような先生の眼とぶつかった。

「実は今夜お招きしたのは、あなたに聞いていただきたい、大切な話があったからなんです」


オルセン先生が語り始めたのは、彼女の少女時代の物語であった。

彼女が生まれ育ったノルウェーの小さな島は、島民のほとんどがクリスチャンで、そこでは教会に行くのがあたりまえの生活だった。彼らの中で重んじられるのは、信仰深いと思われている人たちで、そういった人たちは教会の長老や役員をしているのが普通だったが、オルセン先生のお父さんもその中の一人であった。

「父は厳格で、近寄りがたい雰囲気を持った人でした。もともと身体の弱かった母は、私を出産したことが原因で体調を崩してしまい、入退院を繰り返して、家にいる時も寝たきりのような生活をしていました。父の両親と同居していましたから、家事と幼い私の世話は祖父母が引き受けていました。でも私が七歳の時に祖父が亡くなり、十一の歳に祖母も亡くなりました。それから十年後に母が亡くなるまで、家事と母の看護が私の仕事でした」

母親の死後、オルセン先生――アンネマリエ――は、島を出、オスロにある宣教師養成学校に入学する。彼女はここでエリンと出会った。一つ年上のエリンは、明るく人なつこい女性であった。引っ込み思案のアンネマリエとは正反対だったが、二人は不思議に気が合い、大の親友となった。

エリンは外向的な性格であったが、深い井戸のような内省的な面も合わせ持っていた。アンネマリエはエリンを姉のように慕ったが、エリンは信仰においても、アンネマリエの素晴らしい導き手となった。

ある時、アンネマリエは、この学校に入ったのは島を出たかったからで、神を信じない自分には宣教師になる資格がないのだと、涙ながらにエリンに告白したことがあった。そんなアンネマリエをエリンは深い憐れみをこめて抱きしめ、彼女のために祈ってくれたのである。このようなエリンとの交流のなかで、アンネマリエは徐々に神への愛に目覚めていった。

しかしそんなエリンにも話せない秘密が、アンネマリエにはあったのである。

「何歳と……はっきりはわかりません」

視線をテーブルに落とし、オルセン先生は声をひそめた。

「物心ついたときには、父はもう私の寝室にきていましたから……。その行為が何を意味するのか、わかりませんでした。でも、悪いことだということは、漠然と感じていました。『誰にもいうんじゃないよ』。父はいつもこういいました。『二人だけの秘密だよ』と。逃れることはできませんでした。誰もこのことを知りませんでした。部屋の天井を見つめ、壁紙に描いてある花を数えて、私は耐え続けました」

しばらくの沈黙の時があった。

冷めたコーヒーを飲み干し、オルセン先生はエリンの思い出に話を戻した。

入学してから二年が経った頃、エリンは深刻な血液の病気に罹った。発見された時は手遅れだった。悩みに悩んだ末、彼女は故郷の自宅で最期を迎える道を選び、学校を辞めた。

エリンの夢は宣教師として日本に遣わされることであった。形見としてアンネマリエに、愛読していた日本語訳の聖書が遺された。

「エリンが死んで、私は神への激しい怒りを覚えました。エリンはすばらしい信仰者でした。生きていればたくさんの人々の助けとなり、神の役にたつことができたのです。何より私にとって、かけがえのない友だちでした。私が代わりに死ねばよかったのです。神は愚かで、残酷だと思いました」

悲しみにくれるアンネマリエを慰めてくれたのは、エリンの家族であった。エリンを失い、失意の中にはあったが、すべてを神の摂理と受け止め、一家は前に向かって生きようとしていた。

エリンは七人兄弟の末っ子で、すぐ上の兄はベニヤミンという名だったが、ベンジャミンと呼ばれていた。エリンを喪った悲しみを分かち合ううちに、ベンジャミンとアンネマリエは愛し合うようになった。

「ベンジャミンはオスロの宿舎にたびたび私を訪ねてきてくれました。そんなとき私たちは、長い散歩をしました。ひかえめで口数の少ない人でしたが、誠実で、そばにいる人を包み込むような雰囲気を持った人でした。恋心というより、私はベンジャミンに父性を感じていたのかもしれません。実の父親からは決して与えられなかったもの、安心感です」

こうして歳月が過ぎていった。

四年間の学びが終了し、その後の実習期間も終りにちかづいていた。国内に留まるのならこのまま卒業だが、国外に出るならあと一年間の訓練を受けなければならない。ベンジャミンからプロポーズを受けたのは、そういう時期であった。

「エリンの遺志を継いで、私は宣教師となって日本に行く決心をしていました。彼と別れなければならないことはわかっていました。秘密を持ったまま結婚することは耐えられませんでしたが、秘密を打ち明けることは、もっと耐えられなかったのです」

アンネマリエは、生涯――誰とも――結婚するつもりはないとこたえた。ベンジャミンは悲しそうだったが、落ち着いた、静かな眼をして告げた。

「アンネマリエ、それならば僕も、生涯誰とも結婚しないよ」

この誓いは守られた。ベンジャミンは独り身を通し、七年後、出張先のロンドンで列車事故で死んだからだ。

ベンジャミンの日記が、遺品としてアンネマリエのもとに送られてきた。その中に、ベンジャミンがアンネマリエの故郷の島を訪ねた日のことが記されてあった。プロポーズを受けた一ヵ月前の日付だった。

「日記の中でベンジャミンは、父に会ったと記していました。そして秘密を聞かされた、と――。なぜ父がそれを話したのかわかりません。詳しいことは何も書いてありませんでした。でもその日から、ベンジャミンの苦しみが始まったのです。彼はそれを正直に日記に綴っていました。ベンジャミンは、知っていたんです」

オルセン先生の話が終わり、室内は沈黙で満たされた。

みずかは一連の出来事を、信じられないような気持ちで聞いていた。

本当だろうか？

穏やかで善意のかたまりのようなこの人に、本当にこんな過去があったのだろうか？

顔を上げると、オルセン先生と眼が合った。

南国の明るい海にも似た、青く澄んだ眼。しかしそれは、神に怒りを向けたことのある眼であった。痛みに耐え切れずに、閉じられたことのある眼だった。屈辱の涙を人知れず、流し続けていた眼であった。

その眼を見つめているうちに、急にみずかは何もかもをさらけ出したくなった。

「オルセン先生……」

テーブルに視線を落したみずかの声はふるえていた。

「今度は私の話を聞いていただけますか？」


話し終えるまでには長い時間がかかった。

前に城治に語ったことと内容は同じだったが、もっと具体的で詳細だった。

ためらったり、同じ言葉を繰り返したり、涙に詰まったりしながら、ようやく胸のうちに秘めていた何もかもを打ち明けた。

涙が止まらなかった。

「パパを殺したんです……私が……。神様に赦されるはずがありません。私は恐ろしい罪を犯してしまったんです」

「お父さんは心臓の発作で亡くなったといいましたね。あなたが薬を抜いたから、そのせいで」

「そうです、私のせいで。薬があったらパパは死ななかったんです」

「それは違います」

オルセン先生が断固とした口調で言った。

「薬を常用しなければならないような重病人に、あなたを虐げるような力はありません。心臓を病んでいた母の看護を長い間していましたから、私にはわかります。お父さんは健康だったし、もし病気だったとしても、たいしたことはなかったはずです。お父さんの死は別のことが原因です」

それはみずかにとってとうてい信じられないことであった。

「死因をはっきりと聞いたんですか？」

「ええ、いいえ、そういえば……」

急にみずかは考え込むような表情になった。

「心臓の発作だと思い込んでいたので……。確かめたことは、いちども……」

「大切なことですから、私がお母さんに尋ねてみましょう。でも、死因がどうであれ」

オルセン先生は微笑し、優しく言った。

「神様の仕事は人を赦すことです。あなたが自分のしたことを心から悔いているなら、あなたは神様に赦されているんですよ」

二十四

出立前夜の空には、星の林が広がっていた。

西にオリオン座、双子座、獅子座。南から東にかけては乙女座、天秤座、さそり座、ヘルクレス。東から北に向かって白鳥座、カシオペア座、大熊座、小熊座、北斗七星。南西の空には、獅子座のデネボラと乙女座のスピカをつなぎ、牛飼座のアルクトゥールスと猟犬座のα星コル・カロリに至る『春のダイヤモンド』と呼ばれる菱形が燦然と輝いている。

今宵、城治は宣教師館で夕食を摂ることになっており、藤堂牧師と文彦もともにそこに招かれていた。

出かける前、城治は千里に会うため幼稚園に立ち寄った。

「この言葉の意味を知りたがっていましたね」

城治が差し出したのは幼稚園の古い鍵であった。ゆるやかな曲線を持つ真鍮のその鍵は、柄の部分にギリシャ語の言葉が優雅な飾り文字で刻まれていた。

「ユーカリスティーと読みます。聖餐式を現わす教会用語です。でも原語の直訳は少し違います」

鍵を手渡しながら、城治は千里に深いまなざしを注いだ。

「原語では『感謝』という意味です」

「感謝……」千里の眼から涙がこぼれ出た。「すばらしい言葉ですね」

「村上先生には『さようなら』でなく『ありがとう』を言わせて下さい」

城治が握手の手をさし出すと、

「私の方こそ、北見先生にどれほど助けていただいたか、お礼の言葉もありません」

握手の手に左手を重ねると、千里は笑顔で告げた。

「先生、いつかここに帰ってきて下さいね。私、待っています」

ディナーはオルセン先生の心尽くしの手料理だった。

食事を終えた一同は、隣の部屋に腰を落ち着けた。

机と書棚と応接セットだけのつましい部屋であった。壁には十字架を編み込んだタペストリー。綴れ織りの布がテーブルを覆っている。装飾品はそれだけで、宣教師の家に普通見られるような故国の調度品や家族の写真の類はなかった。

城治は文彦の態度が以前とは違っていることに驚きを覚えていた。慇懃無礼な振る舞いはなく、不遜な表情も消えている。

藤堂牧師はめずらしく饒舌で、釣りの話を熱心に始めた時には、三人は顔を見合わせてしまった。誰も牧師の趣味が釣りだとは知らなかったのである。

「父が釣りの名人で、手ほどきをしてくれたのです。休みといえば二人でよく近くの川に出かけていました」

「わたしも釣りが好きでした」牧師に向けた城治の声は少年のように弾んでいた。「子供のころは遊びといえば釣りだったんです」

まるで沢木牧師一家と過ごした幸せなアメリカ時代に帰ったかのようだった。四人はひとつ家族のようにくつろぎ、親密な気分で時を過ごした。

夜が更け、暇乞いを告げると、オルセン先生が贈り物を持ってきた。包みを開くと、美しい刺繡の施された聖書カバーが現われた。

「ありがとうございます。大切にします」

飛行機の時間の都合で、城治は早朝に発つことになっていた。一人一人と握手をかわして、玄関で別れた。


園庭に出ると、辺りは静まり、生け垣の木々が風に揺れていた。

空には無数の星がきらめいている。

幼稚園に向かって歩き始めると、おなじみの、しかしここ数ヵ月は見ることのなかった、地下道の夢が思い出されてきた。

近づいてくる足音。迫る人影。走っても、走っても、逃れられない。

しかしここでは違った。

暗い迷路ではなく、さえぎるものの何もない園庭。澄んだ空には星がまたたいている。追手はいず、手にはオルセン先生からの贈り物をしっかりと抱えていた。

眼を開けて、空を見上げる。

すると、アメリカ時代に聞いた沢木牧師の説教が思い出されてきた。

伝道旅行に失敗したパウロが、意気消沈し、弱り果てて、トロアスの港にたどり着いた時の話である。のちに新約聖書の『ルカによる福音書』と『使徒言行録』を著すことになる医者ルカと、パウロはこの港で出会ったのだった。

沢木牧師は語った。

「わたしたちの人生において、行き詰まり、先が見えなくなって途方に暮れる『トロアスの港』は、必ず存在します。正しいと思っていたものが、実は間違っており、信じて疑わなかったものが、ある日突然に崩れ去る。『そんな馬鹿な』『こんなはずではなかった』と、どんなに叫んでも、悔やんでも、そういう現実は、残念ながらわたしたちの人生に必ずやってくるのです。パウロは傷ついていました。正しいことをしているはずなのに、道が次々と閉ざされていく。『神様なぜですか?』と、パウロは問うたことでしょう。どうしても納得がいかない。でも、こたえはない。トロアスの港から見えるものといえば、船がなくては渡れない、海、また海ばかり。

しかしルカは、このトロアスの港にこそいたのです。後にパウロのもとを多くの弟子たちが離れ去った時も、『ただルカだけがわたしと共にいる』と記された、どんなときもパウロの側に立ち、友となり続けた忠実なルカ。彼と、ここでこそパウロは、出会ったのです」

星のまたたく夜空に、藤堂牧師、オルセン先生、文彦、千里、みずかの姿が浮かんできた。

その星空を見つめているうちに不思議なことが起こった。内部を貫いた直感ではなく、天から降ってきた強烈な閃きとして、突然、城治は、「行く先は定まっている」と、悟ったのである。

それがどこなのかわからないが、必ず辿り着ける。あてのない放浪ではない。自分は定められたひと筋の道に向かっているのだ。

あの日の藤堂牧師の言葉がよみがえってきた。

「神は何でもできるのです。先生を助けることも、つらい思いをさせずにすませることも、初めから苦しみにあわなくさせることも。しかし神は何も先生に手出しをなさらなかった。いつもただじっと、先生を見ていてくださった。なぜなら神は計画を持っておられたから。おそらくそれは今にいたっても、我々には秘《かく》されていることですが——神は意志を持って、先生を助けられなかったのです」

そうだったのだ。

城治は深い神の計らいに心を打たれていた。

いまならばわかる。いまならばすべてを感謝をもって受け入れられる。

なぜ苦しんだのか？

なぜここに来たのか？

いまというときを迎えるためだったのだ。

息もできないほどの幸福感に包まれ、城治は息を大きく吸い込んで、目を閉じた。身体の芯から蜜が湧き出て、隅々までゆっくりと浸していくような感覚があった。

天を見回し、銀河系を成している二千億個もの恒星に思いを馳せた。肉眼で見ることはできなくとも、それは確かにそこに存在する。そう、それは永遠にそこに在るのだ。闇に拡がる光の大集団として――。

深呼吸をして春の夜気を胸に吸い込むと、前に向かって城治は歩きだした。

二十五

出立の朝は靄がたちこめていた。

教会を出て城治が向かったのは駅ではなかった。

徒歩で坂並交差点に着き、「ライト」の脇道に入った。眠りから覚めない家々の前を通り過ぎ、左折すると、みずかの家が見えてきた。

城治が帰国すると知ってからのみずかは、あきらかに彼を避けていた。見舞いに家に行っても会おうとしないし、外に出られるようになってからも教会に姿を現わさない。

オルセン先生から様子は知らされていた。リハビリに散歩を始めたことや、二枚目のセーターが仕上がったこと。大学に戻ったことや、心配していた文彦との仲は幸いにも気まずいふうではなさそうだということ、等など。

父親にレイプされた、そのことを打ち明けられたと聞いた時には、城治の心は騒いだ。

オルセン先生は言った。

「お父さんが死んだのは自分のせいだと、森中さんはそのことに非常な罪意識を持って苦しんでいたんです。でもお母さんにお尋ねしたところ、お父さんの死因は心不全ではなく、脳卒中だと教えられました。お父さんは確かに心臓を病んでいたのですが、亡くなられた年の夏にバイパス手術を受けてよくなっておられたのです。森中さんはその時期、交換留学生としてオーストラリアにいたので、心配をかけてはいけないと手術のことは知らされていませんでした。お父さんの誕生日に打ち明けて、喜ばせるつもりでいたんだそうです。その前にあんなことになってしまって……。手術後も習慣で、お父さんは薬をポケットに入れておられたそうです」

「どうして彼女は死因を間違えたのですか？」

「出先での急死という報せに、お母さんはショックが大きくて、みずかさんにどういうふうに伝えたか覚えておられないのです。みずかさんにしてみれば、薬を抜いたということがありましたから、お父さんが急死したと知って、持病の心臓だと思い込んでしまったんでしょう。医学生のみずかさんにとっては、皮肉なことでした」

「そのことを彼女には？」

「伝えました」

真相を知ったみずかは、オルセン先生の胸で号泣したとのことだった。それを聞いた城治は、言葉に尽くせないほどの感謝をオルセン先生に覚えた。みずかのことはオルセン先生に任しておけばいいのだと思った。

みずかの部屋の窓を見上げ、しばらくそこに佇んだ後、駅に向かって歩きだした。

空港から見える空は凪の海のように輝いていた。ガラス窓から溢れるほどの光が射し込んでいる。搭乗開始までにはまだ間があった。スーツケースを預け、城治はロビーを歩き始めた。

すると人波の中に遠く、長い髪と見覚えのある水玉模様の服が見えた。判断する余裕などなかった。気がつくと、城治は後を追っていた。

人混みの中を縫い、息を切らし、小走りに進む。

ざわめき。人の波。頭上を飛び交うアナウンスの声。

巨体の黒人が行く手を阻んだ。子どもを肩車した父親が視界を遮る。トランクを山積みにしたカートが眼前を通り過ぎていく。

見失った。

城治は奥歯を嚙みしめた。

みずかであるはずがない。

そう自分に言い聞かせた。

しかし自分は何をしているのだろう？　よしみずかだったとして、あとを追ってどうするつもりなのか？

と、はるか遠く――エスカレーター――に水玉模様の服が見えた。

気がつくと、足が勝手に動き出していた。

何人もの人にぶつかり、いくつもの悲鳴を浴びる。

巻き毛やブロンドや緑や茶色の眼をした人たちの、怒声や罵声や叱声の雨の中を、「ソーリー」を繰り返して突き進む。

まるで強力な磁石に引き寄せられるマグネット人形のようだった。

肉体が意志を超えていた。

エスカレーターに着き、一気に駈け上がった。後ろ姿に追いつき、相手の腕をつかむ。驚いたように振り向いた顔は、しかしみずかではなかった。

丁重に詫び、その場を離れる。

急に辺りのざわめきが戻ってきた。

これでよかったのだろうか？

放心したような足取りで、人混みを避け、うちひしがれた思いで、城治はロビーの隅に向かった。

広大な空港の建物の中を、みずかは見捨てられた子供のような眼をして歩いていた。淡いピンクの帽子にピンクのワンピース。スーツケースを手にしている。

「文彦が全部手配してくれたの。早起きが苦手な私のために、昨夜の空港のホテルの予約も、航空券も、アメリカでの滞在先も」

城治に会ったらそう言うようにと、このセリフさえも文彦が用意してくれたものであった。

「行けよ。これで貸し借りはなし。僕たちの仲は、綺麗にチャラだ」

文彦は素早くウインクをして、チケットの入った封筒を渡してくれた。

しかし、ここに至ってもなお、みずかの心は揺れているのだった。

迷惑かもしれない。拒否されるかもしれない。すべては文彦の勘違いで、一人芝居で終わるかもしれない。

白人の陽気な一団が、楽しげにおしゃべりをしながらみずかの横を通り過ぎていった。金縁のサングラスをかけた黒人が、口笛を吹きながら前から来る。オレンジ色に髪を染めた東洋人。青い野球帽に迷彩服の少年。兎のぬいぐるみを抱いた赤いワンピースの女の子。

エスカレーターに乗ると、階下の模様が、まるで八月の湘南の海岸のように見えた。これほどの広さと混雑の中で、城治を見つけるのは不可能に近いと思われた。

みずかはもう一時間近くも広漠たる空港内をさまよっているのであった。

やっぱり駄目。

私には、できない。

エスカレーターから降り、打ちのめされたような表情で眼を上げた。

その瞬間だった。

みずかの視線はロビーの隅の一点に吸い寄せられた。

高い背。見覚えのある服。

熱い何かが、身体の芯から一挙に噴き出てくるのがわかった。

彼が、そこに、いる。
その圧倒的な現実の前には、迷いや疑いや羞恥など、一瞬にして吹き飛んでしまった。
見慣れた後ろ姿。
真っすぐな背。
万感の思いをこめて、みずかは城治に近づいていった。
「北見先生」
城治が振り向いた。

著者略歴

下田ひとみ（しもだ・ひとみ）
鳥取市出身。
著書に『うりずんの風』『翼を持つ者』『勝海舟とキリスト教』（以上、作品社）、『雪晴れ』（幻冬舎）、『キャロリングの夜のことなど』（由《ゆう》木《き》菖《しょう》のペンネームで文芸社）『落葉シティ』（文芸社）
鎌倉市在住。

トロアスの港

二〇一六年十二月二〇日第一刷印刷
二〇一六年十二月二五日第一刷発行

著者　下田ひとみ
装幀　小川惟久
発行者　和田肇
発行所　株式会社作品社
〒一〇二-〇〇七二
東京都千代田区飯田橋二ノ七ノ四
電話　(〇三)三二六二-九七五三
FAX　(〇三)三二六二-九七五七
振替　〇〇一六〇-三-二七一八三
http://www.sakuhinsha.com
本文組版　㈲一企画
印刷・製本　シナノ印刷㈱

ISBN978-4-86182-611-5　C0093